어디에도
어디서도

어디에도
어디서도

김선재
연작소설집

2017

문학실험실

007 틈

015 외박

045 아무도 거기 없었다

081 눈 속의 잠

115 어제의 버디

145 感
     •
     사라지는 독서와 나타나는 이야기
     _오은

틈

 그가 현관문을 두드린 건 새벽 세 시쯤이었다. 처음에는 분명 집을 잘못 찾은 것으로 생각했다. 새벽 세 시는 고사하고 오후 세 시에조차 나를 찾아올 방문객은 없었으니까. 내가 세상과 소통하는 수단은 메일과 문자로 충분했다. 꽤 오래된 일이었다. 나는 세 번이나 그에게 나를 찾아온 게 맞느냐고 물었고 그는 그때마다 고개를 끄덕였다. 확신할 수는 없으나 그는 사람이지만 사람이 아닌 것 같고 사람이 아니지만 제법 사람 같은 꼴이었다. 이래저래 이상한 일이었다. 현관문의 손잡이를 쥔 채로 나는 멍청하게 중얼거렸다.

 염소인가.

 그는 어깨를 으쓱해 보였다.

꼭 그렇지는 않습니다만… 그나저나 실례지만 잠깐 실례해도 될까요?

실례인 줄 알면서 실례를 무릅쓰겠다는 말인 것 같았다. 그래서 나도 무례한 줄 알면서 그를 노골적으로 훑어보았다. 회색 정장에 검은 실크 넥타이를 맨 그는 낡고 무거워 보이는 가방을 들고 있었다. 차라리 검정 장우산을 드는 편이 훨씬 어울릴 것 같다는 생각이 들었다. 저 축축하고 어두컴컴한 나라의 신사처럼. 나는 반들반들한 그의 갈색 구두를 내려다보며 말했다.

뭘 팔러 오시기에는 너무 늦거나… 이른 시간인 것 같군요.

예상했던 반응이라는 듯 그는 태연했다.

그렇게 보이시겠지만, 이 모든 상황은 정확히 의도된 것입니다. 그러니 실례지만 잠깐 실례하겠습니다.

두 번이나 실례를 무릅쓰겠다는 그를 계속 세워 놓는 것도 예의가 아닌 것 같았다. 어차피 잠자리에 들 시간도 아니었다. 망설이던 내가 문 앞에서 한 걸음 뒤로 물러서자 그는 기다렸다는 듯 안으로 들어섰다. 불빛 아래서 본 그의 털은 윤기가 흘렀고 귀 옆에 솟은 작은 뿔은 상아처럼 반질반질했다. 나는 멍하니 그가 구두를 신은 채 거실을 가로지르는 것을 바라보았다. 어지럽게 널린 만화책과 물병과 목쿠션과 과자봉지를 전혀 건드리지 않고 소파에 앉는 그 일련의 행동은 미리 의도한 것처럼 망설임이 없었다. 확실히 그는 내가 알던 지저분한 염소들과 달랐다. 까닭 없이 가슴이 벌렁거렸다. 오랫동안 너무 별일 없이 지낸 탓인 것 같았다.

시간이 별로 없습니다. 모든 것이 선생님께 달렸습니다.

그는 뭔가를 내 앞으로 내밀며 그렇게 말했다. 얼떨결에 받아든 그것은 눈 덮인 들판 너머로 자작나무 숲이 보이는, 그야말로 단조로운 풍경 사진이었다.

제 사진인 것 같군요.

최근 한 사외보에 넘긴 몇 장의 사진 중 하나가 분명했다. 감성을 자극할 만한 풍경 사진이면 좋겠어요. 겨울호에 실을 거니까 계절적 요소를 고려할 필요도 있겠죠. 내가 받은 메일에는 그렇게 쓰여 있었다. 그런 요구에 적합한 사진을 찾는 건 어렵지 않았다. 그게 내 일이었다. 그런데 왜 난데없이 나타난 염소가 이 사진을 내밀며 '모든 것'이 나에게 달렸다고 말하는 것일까. 나는 이유를 묻지 않을 수 없었고 그는 눈이 문제라고 했다.

그 눈 때문에 '모든 것'이 통째로 흔들릴 수도 있다는 것이었다.

많은 사람이 간과하고 있지만… 이 세계는 특정 의도와 조작으로 나름의 질서를 유지하고 있습니다. 솔직하게 말하면, 이제 솔직한 것은 위험한 일입니다. 제가 선생님을 찾아온 이유는 그 때문입니다.

그의 말은 모호하면서 낯설기 그지없었다. 게다가 '솔직'이 위험하다는 말도 처음이었다. 나는 콧방울을 긁적이며 잠시 침묵했다. 학습지 회사의 사외보 귀퉁이에 쓰일 사진 한 장에 그런 거창한 의미를 덧붙이는 걸 이해할 수 없었기 때문이다. 아무리 생각해도 그건 날아가던 모기도 웃을 만큼 황당한 얘기였다. 나는 신중하게 단어를 고르며 입을 열었다. 부디 그가 내 사적인 세계관을 납득할 수 있기를 바라면서 말이다.

이 사진은 그저 들판을 찍은 사진입니다. 하필 그때 눈이 내린 건 정말 유감스럽지만 그저 어디서나 볼 수 있는 풍경이죠. 저는 감상 거리가 필요한 사람들에게 감상을 제공하는 사람에 불과합니다. 그것도 아주 헐값에요… 물론 그런 걸 따질 처지는 아닙니다. 그러니 지구의 평화나 질서 따위는 생각할 겨를도 없어요. 그건 UN

이나 마블, 뭐 이런 곳에서 하는 일이라 생각합니다만.

내 말을 들은 그는 다시 어깨를 으쓱해 보였다.

이런 문제는 멀리 볼 필요가 있습니다. 이곳의 비밀스러운 평화를 위해서 말입니다. 아시겠지만 이 세계는 많은 것을 모르는, 많은 사람이 사는 곳입니다. 저희가 할 일은 그들이 계속 아무것도 모른 채 살 수 있도록 돕는 것이지요. 그런 그들에게 가장 독이 되는 것이 바로 상상력입니다. 그건 선생도 아셔야 합니다. …자세히 보세요.

나는 다시 사진을 들여다보았다. 아무리 봐도 그저 숲과 눈뿐이었다. 아니, 뭔가가 더 있기는 했다. 분명하지는 않지만 눈 덮인 들판에 얼룩 같은 것이 군데군데 보였고 숲 언저리에 그늘이 드리워 있었다. 맹세코 그뿐이었다. 그건 얼마든지 카메라 렌즈에 실수로 먼지가 묻었거나 눈 덮인 대지의 음영으로도 볼 수 있는 것들이었다. 나는 혹시나 하는 심정으로 그 얼룩을 가리키며 물었다.

이거 때문에 그러는 건가요?

그는 긍정도 부정도 하지 않은 채 나를 빤히 바라보기만 했다. 아주 동그랗고 까만 눈이었다. 태어나서 그렇게 까만 색은 처음이었다. 아무것도 떠오르지 않았고 아무것도 느껴지지 않았다. 과거도, 미래도 모른 채 끌려다니다가 들판에 버려진 개가 된 기분이었다. 나는 개처럼 몸을 떨었다. 뭘 어떻게 해야 하는지 알 수 없었다.

다른 어떤 것도 상상할 수 없게 만들면 간단히 해결될 일입니다. 눈은 더 눈답게, 숲은 더 숲답게 만드는 거죠. 당신이 지금 나를 염소라 믿어 의심치 않는 것과 같은 맥락입니다만.

…거절하면요?

나는 용기를 내어 그렇게 물었다. 이번에도 그는 태연하게 가방에서 두툼한 서류 뭉치를 꺼냈다. 그간의 사례에 대한 결과 보고서라고 했다. 천천히 읽어도 좋다고 말하는 그의 눈은 여전히 까맣고, 차가웠다. 어디선가 바람 소리가 들려왔다. 태풍이라고 해도 믿을 정도로 창문이 덜컹거렸다. 나는 한 글자도 읽을 수 없었다. 창이 덜컹거리는 소리가 실내의 정적을 더 키우는 것 같았다. 내가 고개를 끄덕이는 소리까지 들릴 정도였다. 그는 마지막으로 내게 서류 한 장을 내밀며 서명을 요구했다. 비밀엄수 서약서였다. 내 손에 펜을 쥐여준 그의 의지대로 나는 찌그러진 동그라미를 그 서약서 끝에 그려 넣었다. 그의 만족스러운 웃음소리는 정말 염소의 그것 같왔다.

 현관에서 정중히 묵례한 그가 문을 열며 나에게 말했다.
 진실은 중요하지 않습니다. 그런 세상이죠. …그럼 이만.

 염소가 돌아가고 난 후에도 나는 한참을 자리에 앉아 있었다. 숲과 눈을 더 숲과 눈처럼 보이게 하기 위해 내가 해야 할 일을 생각하면서. 생각하고 생각하다 마침내 어떤 생각도 하지 못하게 됐을 때, 나는 길든 짐승처럼 컴퓨터를 켰다. 다른 어떤 것도 상상할 수 없는 새벽이었다.

외박

—

지상에서 가장 편안하고 조용한 곳은 어딜까. 먼 논에서 점점이 붉고 환한 물그림자들이 어른거리는 것을 보며 당신은 생각한다. 그녀가 당신의 어깨에 기대 잠에 빠져 있는 동안 당신이 한 일이라고는 그게 전부다. 한여름 오후의 나무 밑은 깊고 어둡다. 나가지 않겠다고 문 앞에서 버티던 그녀는 밤나무 그늘에 앉자마자 거짓말처럼 잠이 들었다. 당신은 잠든 그녀의 규칙적인 숨소리를 들으며 지나온 길과 가야 할 길을 가늠한다. 특별한 계획이 있는 건 아니다. 편안하고 조용하게. 외박을 허락하며 요양원에서 당부한 건 그게 전부였다. 당신이 바라는 일이기도 했다.

당신은 마침내 행선지를 정했다. 집으로 돌아갈 것이

다. 당신이 생각하기에 거기보다 더 나은 곳은 없다.

　아무래도, 집으로 가야겠어요.

　당신은 잠든 그녀가 깨지 않기를 바라며 그렇게 속삭인다. 그러나 그 평화는 그리 오래가지 못한다. 맹렬한 속도로 달려온 버스가 당신들 앞에 출입구를 활짝 열어 보였기 때문이다. 놀란 그녀가 자리에서 벌떡 일어서고 당신은 재빨리 그녀의 어깨를 잡아 도로 주저앉힌다. 그뿐이다. 당신들은 끝내 그 버스를 타지 않는다. 내리는 이도, 타는 이도 없는 버스는 흙먼지를 그으며 도로 끝으로 달려간다. 한 번도 도착한 적 없는 것처럼, 영영 오지 않을 것처럼, 사라진다.

　홍학을 보러 간 적이 있었죠. 기억나요 엄마?

　버스가 일으킨 흙먼지의 여운이 가시자 당신은 다시 먼 곳의 물그림자를 보며 혼잣말처럼 묻는다. 아주 오래전 일을 떠올리는 것이다. 홍학은 날개 밑에 검고 어두운 그림자를 숨기고 있다던 출처 모를 말을 떠올리는 것인지도 모른다. 실제로 아주 오래전 물속에 고개를 처박고 있던 홍학들이 고개를 들며 날개를 푸드덕거렸을 때 검은빛에 놀란 당신은 쥐고 있던 사탕을 떨어트렸다.

그녀의 품에서 당신이 악을 쓰며 울었던 이유가 사탕을 떨어트렸기 때문인지 홍학에 놀란 탓이었는지 나는 알 수 없다. 그녀가 당신을 힘주어 끌어안고 몇 번이나 등을 쓸어주던 이유도 알 수 없다. 그저 그녀가 당신에게 몇 번이나 반복하던 말을 들었을 뿐이다. 아가, 이건 그저 홍학이야. 붉고 늘씬하고 예쁜 새란다.

물론 여기는 동물원도, 당신들이 살던 도시도 아니다. 멀리 보이는 붉은 몸뚱어리 또한 홍학이 아니다. 붉고 환한 물그림자들의 정체는 빨간 챙모자를 쓰고 논일을 하는 사람들이다. 기억이 환영을 만들고 환영이 다시 비밀을 만들고 비밀이 삶을 연명하게 만든다는 걸 당신들은 알까. 나는 묻고 싶다.

바람이 분다. 당신의 이마를 덮은 머리카락이 흔들린다. 흘러내린 그녀의 머리카락도 마른 풀처럼 아무렇게나 날려 그녀의 눈을 가리고 귀를 가린다. 당신은 그 바랜 머리카락을 몇 번이나 귀 뒤로 넘겨주고는 그녀의 손을 쥔다. 나는 당신들의 두 손을 한참 바라본다. 당신의 두툼한 손가락은 그녀의 손을 몇 번이나 고쳐 쥐고 굽은 그녀의 손가락은 한사코 움직이지 않는다. 그녀는 당신 곁에 앉아 있지만 동시에 오래전부터 이미 당신 곁에 없다. 그녀의 시선과 기억은 자꾸 멀리, 더 먼 곳을 향해 간다. 자신의 곁에 당신이 앉아 있는 줄도 모르고 내내 당신이 돌아오기만을 기다린다. 그녀는 곧 당신을 찾아 더 먼 곳으로 떠날 것이다. 당신도 잘 알고 있는 사실이다. 그 생각을 지우려는 듯 당신은 다시 그녀에게 말을 건다.

비는 참, 많이 와도 걱정, 안 와도 걱정이에요. 그죠?
…걱정이에요.

그녀가 대답한다. 당신은 그녀를 쳐다본다. 그녀는 여전히 시선을 피한 채 슬그머니 당신의 손에서 자신의 손을 빼내며 되풀이 말한다.

…정말, 걱정이에요.

그녀는 한사코 당신과 눈을 마주치려 하지 않는다. 어제오늘의 일은 아니다. 그녀는 그러기로 작정한 사람인 양 발병 이후 당신과 눈을 마주친 적이 없다.

정말, …걱정이 되기는 한 거예요?

당신은 묻고 그녀는 대답이 없다. 아는 병증을 재차 확인하는 일은 슬프다. 할 수 있는 일이 아무것도 없어서 더욱 그렇다. 모퉁이 저쪽에서 다시 경운기가 털털거리며 굴러 와서 느릿느릿 멀어질 때까지 당신들은 말이 없다. 당신은 일어서야 할 시간이라는 것을 알면서도 자신의 무릎과 팔과 어깨로 전해지는 그녀의 체온에서 쉽사리 몸을 떼지 못한다. 체온을 확인하는 것이 당신과 그녀 사이의 유일한 교감이라고 생각하기 때문일 거다. 당신은 자리에서 일어나는 대신, 언젠가 그녀가 그래 주었던 것처럼 몇 번이나 그녀의 등을 쓸어준다. 깊고 어두웠던 나무 그늘이 엷어질 때까지. 엷어진 그림자가 길어질 때까지. 닷새 동안의 외박에서 두어 시간이 길 위에서 그렇게 지나간다.

집으로 돌아온 당신은 가위를 들고 그녀의 등 뒤에 앉는다. 덥수룩한 머리가 내내 마음에 걸린 것이다. 미용실로 갈까 생각했지만 아무래도 그건 무리였다. 낯선 곳을 한사코 경계하는 그녀가 또 어떤 반응을 보일지 알 수 없는 일이다. 뾰족한 물건이 있는 곳에는 가지 말아야 한다. 발열 기구를 쓰는 곳도 피해야 한다. 사람이 많이 드나드는 장소도 결코 가서는 안 된다. 당신이 생각하기에 미용실은 그 모든 조건을 갖춘 곳이다. 그런 곳에 그녀를 데려갈 수는 없었다. 그녀는 낯선 상황이나 낯선 사람을 대할 때마다 극도로 예민하게 반응했다. 그건 알츠하이머를 앓는 노인들에게 나타나는 우울증 때문이라고 했다. 물론 초기부터 이런 중증의 장애가 나타나는 건 극히 드문 경우였다. 그녀를 요양원에 보낸 이유도 그것 때문이었다. 혼자서 그녀를 감당할 수 없는 순간이 됐다는 걸 당신은 어느 날 깨달았다.

 당신은 아마 그 날의 일을 잊지 못할 것이다. 감자를 썰던 그녀가 집 안으로 들어온 가스검침원을 향해 보인 반응은 정말이지 끔찍했다. 당신이 조금만 늦었더라도 그녀의 손가락은 잘린 감자처럼 동강 났을 거다. 혹은 당신이 조금 더 먼 거리에 서 있었더라면 그녀는 자신의 손목을 잘랐을 지도 모를 일이다. 당신은 그날 3루에서 홈으로 슬라이딩하는 선수처럼 온 몸을 던져 그녀의 손에 쥐어진 식칼을 빼앗았다. 얼이 빠진 가스검침원 앞에서 아이처럼 울부짖었다. 엄마, 도대체 왜 그래요. 왜요. 왜요. 구석에서 몸을 웅크린 채 떨고 있던 그녀에게 처음이자 마지막으로 소리를 지른 날이었다. 당신은 가볍게 몸서리를 친다. 일 년 전의 일인데 당신은 아직도 곧잘 그렇게 몸을 떤다. 잠 속에서도 자주 어떤 날의 일을 재현한다는 걸, 나는 안다. 당신이 꾸는 꿈은 늘 그런

식이었다. 당신은 그런 사람이다. 그 이유가 뭔지 알지만 위로할 방법은 없다. 위로는 인간의 언어로는 불가능한 꿈이다. 동시에 그 불가능한 꿈을 꾸는 건 오직 당신들의 일이다.

엄마, 머리 좀 다듬을게요. 가만히 있으셔야 해요. 열만 세면 돼요. 열 셀 동안만 참으면 무서운 일은 지나간다고, …엄마가 늘 그랬잖아요.

당신은 타이르듯 몇 번이나 그녀에게 말을 건넨다. 그 말을 알아듣기라도 한 것처럼 분홍색 보자기를 목에 두른 그녀는 잠든 새처럼 조용하다. 가위를 든 당신의 손이 떨린다. 나는 그런 당신을 보고, 그녀는 내내 말이 없다.

우리 아들은 싫어했어요.

보자기를 타고 어깨와 앞섶으로 흘러내리는 자신의 잘린 머리카락을 보며 그녀가 불쑥 입을 연다. 목이 멘 당신은 몇 번이나 숨을 가다듬다가 한참 만에야 묻는다.

뭘요? 뭘 싫어했는데요?

그녀가 뭐 그런 걸 물어보느냐는 듯 당신을 생뚱한 표정으로 바라보더니 속삭이듯 대꾸한다.

뭐긴 뭐겠수, 짧은 머리 말이지. 걔가 워낙 어렸을 때부터 까다로웠어요. 지 아버지를 닮은 거겠지만. 아, 좋아하던 쑥떡을 어디 챙겨 왔는데…

그녀는 두 손으로 바닥을 짚으며 힘겹게 자리에서 일어선다. 그 바람에 보자기 안에 모였던 머리카락들이 우수수 바닥으로 떨어진다. 당신은 그런 그녀를 말릴 생각도 하지 못하고 가위를 쥔 채 앉아 있다. 그녀가 꺼낸 아버지라는 단어 때문이다. 당신은 쑥떡을 좋아하던 사람이 그녀였는지 당신의 아버지였는지, 아니면 자신이었는지 오래 생각한다. 그러다가 쑥떡을 좋아했던 것은 전혀 다른 사람이었을지도 모른다는 데에 생각이 미친다. 물론 당신은 그 부분에 대해서 아는 게 없고 자신의 아버지에 대한 기억도 그리 특별한 것이 없는 사람이다. 당신이 아는 아버지는 군인이었던 사람이고 늘 당신을 못마땅하게 여기던 사람이었고 올 때 그랬던 것처럼 자고 나면 가고 없는 사람이었다. 그게 당신이 기억하는 아버지의 전부다. 당신은 끝내 쑥떡을 좋아하던 사람이 누구인지 알지 못할 것이다.

보자기를 두른 채 방에 들어간 그녀는 한참 동안 나오지 않고 당신은 그녀가 나오길 기다리며 바늘 끝처럼 반짝이는 머리카락을 쓸어 모은다. 목덜미가 간질거린다며 웃음을 참지 못하던 당신과 그런 당신을 다시 제자리로 끌어 앉히는 그녀는 기억 너머로 흘러갔다. 멀리 흘러가서 이제 아무것도 보이지 않는다. 아버지는, 엄마의 남편은… 어떤 사람이었어요? 당신은 바닥에 떨어진 머리카락을 손가락으로 꾹꾹 눌러 주워담으며 혼잣말을 한다. 기억을 묻어버리면 그녀나 당신이나 모두 편할 거라 생각한 게 착각이었다는 걸 당신은 그녀가 아프고 나서야 깨달았다. 그녀의 기억이 곧 자신의 일부이기도 하다는 걸 깨달았을 때는 이미 늦은 뒤였다. 이제 그녀는 당신이 알고 싶어 하는 것 중 어떤 것도 말해주지 않을 것이다. 쓰레기봉투에 잘린 머리카락을 쏟아 부으며 당신은 그래도 괜찮다고, 아직 살아 있으니 괜찮다고 중얼거린다. 열어둔 창으로 밥 짓는 냄새가 흘러온다. 저녁이다. 아직 남은 하루를 위해 상을 차릴 시간이다.

*

걷고 있어도 뛰는 것 같다. 숨을 쉬는 것조차 고통스러운 순간이 있다는 걸 사람들은 알까. 토마토가 내리막

길을 굴러가는 것을 눈으로 좇으며 나는 서 있다. 장을 봐 집으로 돌아가던 길이었다. 골목을 빠져나온 차가 굴러가던 토마토를 으깨며 지나간다. 으깨진 토마토에서는 어떤 냄새가 날까. 그건 여전히 토마토일까, 아닐까. 눈 깜박할 사이에 형태를 알아볼 수 없게 되어버린 토마토를 보며 나는 생각한다. 산책을 나온 개가 땅에 코를 대고 킁킁거린다. 주인은 기겁하며 목줄을 잡아당긴다. 안 돼요, 베이비. 아무거나 먹으면 지난번처럼 또 아플 수도 있다고요. 주인은 말하고 베이비라는 개는 들은 척 만 척이다. 죽으려고 환장했어? 바닥에 쓰러진 내 멱살을 잡으며 그렇게 소리치던 사람이 있었다. 한길로 뛰어든 나를 피해 급정거를 한 트럭의 기사였다. 죽기로 작정했던 시절이었다. 죽으려면 혼자 곱게 죽어. 그는 화가 나서 견딜 수 없다는 듯 소매를 걷어붙이고 발을 구르며 그렇게 으름장을 놓았다. 나는 누운 채 그의 말을 흘려들으며 생각했다. 죽기를 작정했던 사람이 죽지 않았다는 사실과 고운 죽음에 대해. 아무리 생각해도 고운 죽음은 없었고 나는 살았지만 내내 죽은 것 같던 날들이었다. 그런 감각은 살아 있는 동안 계속될 거란 예감이 들었다. 생각이 거기에 미치자 나는 다시 죽고 싶었다.

  여전히 사방이 온통 토마토투성이다. 과일을 실은 트럭에서 토마토 한 상자가 통째로 떨어졌기 때문이다. 그중 하나가 슬그머니 발치로 굴러온다. 성한 형태는 아니다. 나는 고개를 숙이고 오래 그 찌그러진 토마토를 내려다본다. 그런 내 모습이 사람들에게 이상하게 보이리라는 것을 알지만 꼼짝도 할 수가 없다. 여전히 달리는 것처럼 숨이 찬 이 시간은 그 어떤 순간보다 훨씬 더 분명하게 세상을 바라볼 수 있는 시간이다. 이 감각은 내가 견뎌야 할 생의 실감이라는 것을 안다. 숨을 몰아쉬며 나는 중얼거린다. 내가 살아 있구나. 발치로 놓인 토마토를 바라보며 다시 중얼거린다. 여전히 나는, 여기에 있구나.

  죽음이 내게 악수를 청할 날이 언제인지 알 수 없다. 죽는 것이 의지대로 되는 일이 아니라는 걸 나는 두 번의 경험을 통해 알았다. 산 중턱의 튼튼한 떡갈나무를 골라 줄을 걸었을 때나 달려오는 트럭을 향해 뛰어들었을 때만 해도 <u>스스로 죽음을 결정할 수 있다고 생각했다. 나는 죽는다. 나뭇가지에 건 줄이 내 후두를 압박할 때, 몸이 바닥으로 내팽개쳐졌을 때 나는 그렇게 확신했다. 그러나 나는 죽지 못했다. 목을 맸던 나뭇가지는 맥없이 부러졌고 교통사고는 엉덩이와 어깨의 골절상으로 끝났다. 죽음은 의지로 어떻게 해볼 수 있는 일이 아니었다. 그때부터 나는 어떤 시도도 하지 않았다. 살을 비비며 살던 아내와 얼굴도 보지 못한 자식을 땅에 묻고도 여전히 숨을 들이마시고 내뱉으며. 모든 것이 비 때문이었다.

  비도 물이라는 것과 물의 기본 속성이 높은 곳에서 낮은 곳으로 흐르는 것이라는 걸 나는 몰랐다. 아니, 정확히 말해서 내가 알고 있는 사실과 내 삶은 무관하다고 여겼다. 도시가 내려다보이는 산 밑에 세를 얻은 것은 순전히 그런 이유에서였다. 오가는 사람들의 종아리가 보이는 방에서, 장마 때마다 구정물이 창과 벽 틈으로 스며드는 방에서 나는 햇빛을 오래 그리워했다. 햇빛이 머리 꼭대기까지 쏟아져 들어오는 집에서 살 수만 있다면 어떤 대가라도 치를 수 있을 것 같았다. 혼인 신고로 식을 대신 한 것도 그 때문이었다. 절차를 생략하고 남긴 비용까지 보태 얻었던 그 집에서 보낸 모든 하루는 완벽하게 어두웠고 또 완벽하게 눈부셨다. 그 나날

동안 나는 열심히 일하고 사랑했다. 태양 가까이 간 죄가 얼마나 큰 죄인지 까맣게 잊었던 것도 그 즈음의 햇빛 때문이다. 그 햇빛 때문에 도시에서도 산사태가 날 수 있다는 사실을 맹세코 나는 몰랐다. 몰랐다는 말을 되풀이할 수밖에 없는 입술을 도려내고 싶은 적도 있었다. 그러나 정말이지 산사태로 살던 집이 깡그리 사라질 것을 미리 아는 사람이 이 세상에 얼마나 될까.

야간작업을 마치고 집으로 돌아온 건 장마가 한창인 여름 새벽이었다. 밤새 내린 비는 새벽이 되어서도 그치기는커녕 점점 더 굵어졌다. 우산을 썼지만 사방에서 내리꽂히는 빗줄기로 온몸이 아플 지경이었다. 머리카락을 타고 흘러내리는 빗방울 때문에 눈을 뜨는 일조차 힘들었다. 벌써 나흘째였다. 지독한 비였다. 젖은 이불을 두른 것처럼 몸이 무거웠다. 빨리 돌아가고 싶었다. 하지만 아무리 둘러봐도 집은 보이지 않았다. 집이 있어야 할 자리에 있는 것이라고는 커다란 진흙더미뿐이었다. 거대한 봉분 같았다. 나는 붉고 굵은 물줄기가 내를 이룬 길 한가운데 서서 사방을 돌아보았다. 왜 아무것도 보이지 않는 건지, 왜 사방은 파다만 유적지처럼 흙투성이인지, 왜 산은 또 저렇게 한쪽 모서리를 허물고 기우

듬한 건지 알 수가 없었다. 이곳은 이곳이 맞는 걸까. 누군가 옆에서 발을 구르며 울고 있었다. 옥상에서 마주친 적이 있는 그 여자는 허공에 대고 젖은 수건을 털어대던 사람이었다. 자신이 빨랫줄에 건 수건이나 양말 따위를 몇 번이나 고쳐 걸던 이웃이었다. 빗소리에 섞인 이웃의 목소리가 띄엄띄엄 들려왔다. 누가 …안에 …제발 …애들이 …제발. 제발, 제발.

내가 알아들은 건 그것뿐이었다. 그거면 충분했다. 제발, 제발… 안에 사람이 있다. 흙 속에 사람이 파묻혔다. 나는 펄쩍펄쩍 뛰기 시작했다. 사방에서 모여든 사람들의 탄식과 비명이 들렸다. 어쩌면 내가 지르는 소리인지도 몰랐다. 그 와중에도 흙은 여전히 폭포처럼 쏟아져 내렸다. 뿌리째 뽑힌 나무가 흙더미 위로 떨어지는 것을 보며 나는 짐승처럼 울부짖었다. 깨진 장독과 찌그러진 자전거 사이를 뛰어다니며 아내의 이름을 불렀다. 아내가 제발 안에 있지 않기를 바랐지만, 밖의 어디에서도 그녀를 찾을 수 없었다. 나는 주저앉았다. 비 때문에 아무것도 보이지 않았다.

아내를 발견한 건 산이 무너진 지 삼 일째 되던 날이

었다. 고요한 표정의 아내는 진흙을 가득 물고 있었다. 나는 그녀의 콧구멍과 입안의 진흙을 손가락으로 파냈다. 아내의 얼굴을 쓰다듬고 몸을 흔들었다. 그녀가 매일 아침 나를 깨우듯 그녀의 다리를 주무르고 팔을 주무르며 그녀가 눈을 뜨길 바랐다. 제발, 눈 좀 떠. 제발, 제발. 그즈음 내가 가장 많이 들은 말이면서 내가 가장 많이 한 말이 '제발'이었다. 그보다 더 간절한 말이 떠오르지 않았다. 제발, 제발. 흔들 때마다 아내의 몸에서 축축한 진흙이 떨어졌다. 내 손길을 따라 그녀의 발과 다리와 팔과 어깨와 눈과 머리카락에 엉겨 붙은 흙덩이가 그치지 않고 바닥에 쌓였다. 그녀는 이미 흙의 일부가 된 것 같았다. 물론 그건 누구의 의지도 아니었다. 죽음은 의지와 상관없이 찾아오는 것이었다. 그녀는 영영 가버렸다. 칠 개월을 막 넘은 배 속의 아이와 함께였다. 목소리가 나오지 않았다. 벽을 긁으며 소리 없이 울었다. 손톱이 빠졌지만 아프지 않았다.

나는 다시 지하로, 처음보다 더 깊은 지하로 되돌아왔다. 더는 아무것도 그립지 않다. 그저 걷고 있어도 뛰는 것처럼 숨쉬기가 어려울 뿐이다.

나는 쥐고 있던 비닐 봉투를 반대쪽 손에 옮겨 쥐고

다시 걷기 시작한다. 걸을 때마다 달큼한 향이 피어오르지만 이미 발밑의 토마토는 토마토가 아니다. 한 번 으깨지면 두 번 다시 제 모습으로 돌아갈 수 없는 것들은 어디에나 있기 마련이다. 그걸 확인하는 건 오래전에 그만뒀다. 붉은 자국은 시간이 지나면 검은 얼룩으로 변하고, 검게 변한 것들은 영영 사라지지 않을 것이다. 엄마, 나는 낮게 중얼거린다. 낮잠에 빠졌던 엄마는 깨어났을까. 집을 너무 오래 비웠다. 마음이 바빠진다. 낮고 어두운 집으로, 돌아가야 한다. 나는 잰걸음으로 걷기 시작한다.

*

등뼈를 두드리면 어떤 소리가 날까. 당신은 그녀의 등에 비누칠을 하며 생각한다. 얇은 종잇장 같은 살갗 밑에서 도드라진 그녀의 등뼈와 갈비뼈가 부러질 것처럼 위태로워 보인다. 그녀가 이렇게나마 삶을 지탱하는 건 아마 아직 그녀에게 남은 기억이 있기 때문일 거다. 그러나 그 기억마저 물에 젖은 편지처럼 빠르게 지워지고 있다는 걸 당신은 안다. 실제로 그녀는 지난 몇 달 사이에 모른 척하기 힘들 정도로 쇠약해졌다. 지금은 팔을 들어 올리기는커녕 혼자 세수를 하거나 걷는 것조차 힘들어한다. 며칠 전까지만 해도 이 정도는 아니었다. 마음이 무거운 당신은 내내 욕실 앞에서 떠나지 못하다가 결국 바짓단을 걷어 올린다.

거 봐요. 이게 보기보다 엄청 힘들다니까. 제가 후딱 씻겨 드릴게.

혼자 목욕을 하겠다고 고집을 부리던 처음과 달리 그녀는 욕실 안으로 들어온 당신에게 순순히 몸을 맡긴다. 그녀의 알몸은 마치 늙은 새처럼 흐리고 작고 가볍다. 당신은 그녀의 늘어진 엉덩이와 뾰족하게 솟은 견골 사이를 문질러 씻기다가 문득 어떤 날을 떠올린다.

날아가던 새가 당신의 눈앞에 떨어진 건 강의 수면에 먹구름이 가까이 내려앉은 날이었다. 온종일 강가를 쏘다니던 당신이 강둑에 앉아 수면을 굽어보던 늦가을 오후였다.

바람이 축축해지자 낚시꾼들은 서둘러 돌아갔고 자전거를 탄 남녀들도 사라졌다. 빈 고수부지는 고요했다. 간혹 한두 방울의 비가 강물 위에 파문을 그리기도 했다. 그러나 당신은 움직이지 않았다. 돌아갈 곳이 없는 것은 아니었지만 그렇다고 딱히 돌아가고 싶은 곳이 있는 것도 아니었다. 당신은 멍하니 산머리에서 비구름이 한층 더 두터워지는 것을 바라보았다. 갑자기 갈색 종이 뭉치 같은 것이 하늘에서 떨어진 건 그때였다. 찰나였다. 당신은 몸을 일으켜 바닥에 떨어진 채 꼼짝도 하지 않는 그것 가까이 다가갔다. 새였다. 당신은 그 죽은 새를 한참 바라보았다. 반투명의 눈꺼풀을 닫은 채 누운 그 새는 잠든 것 같기도 했다. 죽음을 어루만지는 일이야말로 산 사람이 해야 할 가장 분명한 일인 것 같았다. 당신이 손가락으로 새의 깃털을 쓰다듬었던 건 순전히 그래서였을 거다.

엄마, 나중에 알아보니까 그날 그렇게 뚝 떨어진 새는 굴뚝새였어요. 새도 땅에서 죽는다는 걸 안 것도 그날이었고요.

당신은 샤워기를 그녀의 등에 대고 비눗물을 헹궈내며 부러 가볍게 말한다. 그리고 그녀의 귀 뒤를 손가락으로 문질러 씻기고 젖은 머리카락 끝에서 물기를 쓸어내며 타이르듯 그녀에게 다시 말한다.

그런데요, 엄마… 그렇게 갑자기 가시면 안 돼요. 정말 안 돼요.

그녀가 당신의 말을 따라 한다.

안 돼요, 정말…, 안 돼요.

당신들이 다시 만난 날을 기억한다. 어느 해 동짓날이었다. 오후가 지나기 무섭게 어둠이 내리기 시작하던 저녁이었다. 그녀는 문고리를 쥔 채 당신을 바라보기만 했다. 누구냐고 묻지는 않았다. 당신도 말없이 그녀를 향해 품에 안고 있던 봉지를 내밀었다. 군고구마였다. 그녀가 그걸 좋아하는지는 기억나지 않았지만 따뜻한 것이 간절한 계절이었다.

익숙하면서 낯선 도시에 도착해서도 당신은 해가 지도록 터미널 주변을 떠나지 못했다. 입간판과 전단지와 약국과 모텔과 술집이 즐비한 터미널 주변을 서성거리며 당신은 자신이 왜 여기까지 오게 된 것인지를 오래 생각했다. 그녀가 자신을 알아보지 못할까 봐 두렵기도 했다. 그냥 돌아서야 하는 건지, 자신을 소개해야 하는 건지, 당신은 오래 궁리했다. 그 모든 것이 당신답지 않은 일이었다. 우연한 경로로 알게 된 주소 때문이었다.

전날 밤 당신은 내내 어떤 지명과 지번을 머릿속에서 지우지 못했다. 아직도 그곳이 거기에 있을 줄은 꿈에도 생각하지 못한 일이었다. 당신이 옥수 사진관 이층집 애로 불리던 시절이었다. 사진관 옆으로 난 문을 열고 이 층으로 올라갈 때마다 각각의 음정을 가진 계단이 발밑에서 삐걱거렸고 어두운 복도를 지나 미닫이문을 열면 맞은편 창문 속에서 흔들리는 바다가 보이던 집이었다. 그 집에서 내려다보던 거리를 당신은 기억한다. 아기를 안은 젊은 부부들이나 군복을 입은 남자와 정장 차림의 여자가 아래층의 사진관으로 들어가고 모시적삼을 갖춰 입은 노인과 교복 차림의 자식들을 앞세운 부부가 사진관에서 나오는 그 순간들을 당신은 매번 낯설고 신기하게 바라보았다. 옥수 사진관 이층집 애로 불렸던 당신이 옥수 사진관에 들어간 적은 한 번도 없었기 때문이다. 당신은 자주 옥수 사진관 안을 상상했고 그녀는 언제나 다음에, 라고 말했다. 물론 다음이라는 기회는 오지 않았다. 그 이유를 알고 싶었다. 그게 그 낯설고 익숙한 도시로 당신이 돌아간 이유였다. 그러나 당신이 꺼낸 말이라고는 어떤 유효기간도 없는, 지극히 평범한 인사말이 고작이었다.

오랜만이에요, 엄마.

당신은 아무것도 묻지 못했다. 그녀 또한 아무런 변

명도 하지 않았다. 당신들은 그저 옥수 사진관이 언제 어떻게 건어물을 파는 가게로 바뀌었는지, 나무 계단은 또 어쩌다가 시멘트 계단으로 바뀌었는지 따위를 묻고 대답할 뿐이었다. 누구랄 것도 없이 창 너머 내리는 눈을 바라보기도 했다. 그 도시에서 눈을 본 건 그 날이 처음이었다. 당신은 눈앞의 군고구마를 꾸역꾸역 씹어 삼키며 몇 번이나 말을 멈췄고 그녀는 그런 당신 앞에 보리차를 내놓았다.

아직도… 좋아하니?

그녀의 물음에 당신은 고개를 흔들었다. 여전히 보리차는 당신이 즐겨 마시는 음료였지만 몇 번이나 고개를 흔들었다. 그녀와 마주 앉은 이래 내내 이유를 알 수 없는 서러움과 섭섭함과 슬픔이 당신의 어깨를 짓눌렀다. 눈앞의 그녀가 자신의 구멍 난 양말을 감출 생각조차 하지 않는 것을 보고 있자니 화가 나기도 했다. 잘 살았어야죠, 엄마. 날 버리고 갔으면 적어도 구멍 난 양말 같은 건 신으며 살지 말았어야죠. 당신은 그렇게 말하고 싶었다. 그러나 낡고 좁고 작고 낮은 방에서 할 수 있는 얘기는 많지 않았다. 모든 말이 구멍 난 양말처럼 초라하고 옹색하게 느껴질 뿐이었다.

저랑 같이 가요… 같이 살고 싶어요.

그 밤에 당신은 그렇게 말했다. 곁에 누운 그녀가 울기 시작했다. 칠 년 전의 일이었다.

목욕 후 잠들었던 그녀는 저녁이 되도록 좀처럼 일어날 생각을 하지 않는다. 밥상을 들고 들어온 당신은 그녀를 깨우기 시작한다.

일어나요, 엄마. 엄마가 좋아하는 계란찜도 했고 시래기도 볶았어요.

그러나 그녀는 좀처럼 눈을 뜨지 않는다. 오래된 과거와 그리 길지 않을 미래. 지금 그녀의 잠은 어느 쪽을 향하고 있는 것일까. 당신은 그녀의 숨소리를 확인하며 생각한다. 왜 누군가를 깨우는 일이 이토록 힘들게 느껴지는 것인지를, 왜 자신이 깨우는 사람들은 한사코 눈을 뜨지 않는지를… 당신은 그녀의 어깨를 흔들기 시작한다. 일어나요, 엄마. 아주 오래전에 그랬던 것처럼 어깨를 흔들며 그녀의 귀에 대고 속삭인다. 엄마, 꿈에서 나와요. 그만, 밖으로 나와요.

그렇게 말했던 적이 있다. 날이 밝기도 전에 새가 먼저 울던 날이었고 해가 높이 솟아오르도록 그녀가 깨지 않던 날이었다. 그녀가 깨기를 기다리는 것에 지친 당신은 방 안을 둘러보았다. 전날 잠들기 전까지 있었던 당신의 아버지는 보이지 않았고 머리맡에는 빈 술병과 먹다 남은 찌개 냄비와 옷가지가 널린 채였다. 당신에게 아버지의 부재는 익숙한 사실이었지만 어지러운 방안은 낯설기 그지없었다. 당신은 그녀를 흔들어 깨우기 시작했다. 겁이 났다. 뒹구는 술병이나 옷가지 때문이 아니라 냄새 때문이었다. 당신은 그 날 창을 통해 쏟아지는 겨울 햇빛과 뒤엉키던 시큼하고 짜고 쓸쓸했던 냉기를 기억한다. 그건 가끔 당신이 꾸는 꿈과 닮아 있었다. 혼자 남겨지는 꿈. 모두 사라져버린 꿈. 제발 꿈이기를 바라던, 차가운 꿈. 당신은 더 세차게 그녀를 흔들기 시작했다. 엄마, 그만 일어나요. 꿈에서 나와요. 제발요. 당신은 울었다. 울면서 그치지 않고 그녀를 흔들었다. 마침내 눈을 뜬 그녀가 긴 숨을 뱉으며 얼굴을 쓸어내릴 때까지.

다, …꿈이었으면 좋겠어.

손바닥 안에 얼굴을 숨긴 그녀가 중얼거렸다. 설명할 수는 없었지만 꿈이기를 바라는 마음이 뭔지 알 것 같았다. 당신은 울음을 멈췄다. 어렴풋하게나마 자신이 그녀의 나쁜 꿈일지도 모른다는 데에 생각이 미친 거였다. 그 또한 자신의 나쁜 꿈이라고 믿으려 노력했다. 오랫동안 그렇게 믿으며 살았다. 당신은 누군가를 흔들어 깨울 때마다 자기 자신을 깨우는 것 같은 착각이 들었던 이유가 그것 때문이었음을 깨닫는다. 잠이 너무 깊이 들어 아무리 깨워도 일어나지 않았던 건 어쩌면 당신이었다. 그녀의 어깨를 흔들던 손에서 힘이 빠진다. 그녀가 눈을 뜬다.

아들이 올 거예요. 서울 간 아들이, 이제 와요.
잠에서 깬 그녀는 전에 없이 말이 많다. 그 모습이 어쩐지 낯설어 당신은 잠자코 그녀의 밥 위에 가시를 바른 생선이며 김치 따위를 놓아준다. 떠주는 대로 받아먹는 그녀는 정말 여느 때와 많이 다르다. 당신이 기억하기론 발병 이후 이런 경우는 없었다.
왜요, 아들 꿈이라고 꾸셨어?
걱정스러운 표정으로 당신은 묻고 그녀는 크게 고개를 끄덕인다. 그 바람에 당신이 내민 숟가락 위의 밥이 방바닥으로 떨어진다. 말릴 사이도 없이 흩어진 밥알을 허겁지겁 주워 먹는 그녀를 보는 당신의 표정은 어둡다.

새이가 날 데리러 와요. 빨리 먹고 가야 해요.

손가락에 붙은 밥알을 떼어먹으며 그녀가 말한다.

새이가 온다.

당신은 그녀의 말을 따라 중얼거린다. 비로소 그녀의 행동이 이해되기 시작한다. 새이는 아주 오래전 그녀가 당신을 부르던, 정작 뜻은 알 수 없는 이름이다. 그녀가 당신을 향해 그렇게 불렀으므로 그게 그저 자신인 줄 알며 지냈고 그러다 어느 틈엔가 잊어버린 이름이었다.

엄마, 새이는 어떻게 생겼어요?

당신은 묻는다. 문득 그녀가 기억하는 당신은 어떤 모습인지, 당신이 모르는 당신은 어떤 모습이었는지 궁금하다. 당신의 질문에 그녀의 입꼬리가 올라간다.

고게, 고게. 털이 얼마나 좋은지, 정말 비단처럼 윤이 도는 고게… 내 자식인 게 미안해서 낳아 놓고 많이 울었어요. 정말이에요. 걘 내 자식이 맞아요.

그녀가 말하는 새이가 당신의 모습인지는 확신할 수 없다. 그러나 당신이 그녀의 새이인 것은 확실하다. 당신은 비단처럼 윤기가 도는 털을 가진 새이가 문을 열고 들어와 밥상머리에 앉는 것을 상상한다. 그녀와 당신과 새이가 나란히 둘러앉아 나란히 밥을 먹는다. 그녀는 자꾸 바닥에 밥을 흘리고 당신과 새이가 그걸 주워 먹는다. 새이도 당신도 그녀도 이 장면이 너무 익숙해 별말이 없다.* 당신이지만 당신이 아니고, 당신이 아니지만 그녀의 아들인 새이와 함께 저녁이 지나간다.

*

 언제나 나는 사이의 세계에 있다. 당신들이 누운 간격 사이. 혹은 당신들이 서로를 알아볼 수 없는 어둠과 그 어둠의 뒤편 사이. 오래된 과거와 길지 않은 미래 사이. 그게 어떻게 가능한 것인지는 나로서도 알 수 없다. 그저 어느 날 갑자기 나는 당신들을 '알아보게' 됐고 '안다'고 생각하는 순간부터 '나'라는 말을 쓰는 것이 가능해졌다. 그러니까 나는 당신들에게서 비롯된 나이면서 당신들이 서로를 알아볼 수 있게 만든 나인 거다. 나는 바람이 되어 먼지보다 가벼운 질량으로 존재하기도 했고 아무 곳에서나 날아온 나무의 홀씨처럼 오래 한 자리를 지키기도 했으므로 그 기적같은 일을 눈치채는 사

---

 * 최하연, 「7월 6일」 중에서(『팅커벨 꽃집』, 문학과지성사, 2013).

람은 없었다. 그래서 당신도 나를 느끼지만 보지는 못한다. 나 또한 당신 곁에 있지만 말할 수는 없다. 괜찮다. 오래된 일이니까.

벽 너머에서는 낮고 작게 우는 소리가 들린다. 당신은 미간을 찌푸린 채 한잠에 빠져 있다. 나는 당신의 미간을 어루만진다. 이 세계에서 우리가 서로를 위해 할 수 있는 일은 거의 없다. 다만 나는 그녀가 몇 번이나 힘주어 당신을 안아주던 것이나 당신이 몇 번이나 그녀의 등을 쓸어주던 것을 기억한다. 할 수 있는 일이 없을 때는 그렇게라도 해야 한다고 가르쳐준 것도 당신들이다. 나는 지금 낮고 작게 우는 새이와 그녀와 당신 사이에 있다. 하나이면서 제각각인 잠이 제각각의 세계로 흘러가는 것을 지켜본다. 나는 그 모든 것의 사이에서 그 모든 것을 볼 따름이다. 나에게는 그 방향을 바꿀 힘이 없다. 어둠 속에서 지나온 날짜를 꼽는다.

어제는 많은 사람이 집을 비우는 날이었다. 그들은 먼 곳의 신을 위해, 먼저 떠나는 사람을 위해, 태어나지 못한 영혼들을 위해 오래 기도했을 것이다. 나의 거의 모든 것이었던 당신도 나를 위해 기도하던 때가 있었다. 그 기도를 나는 기억한다. 제발, 제발, 제발. 안쪽의 세상과 바깥쪽의 세상을 통틀어 가장 짧고 슬프고 절박했던 그 기도로 나는 태어났고, 존재한다. 아주 오래전부터 한 몸이었지만 내가, 비로소 내가 된 그 순간을 오래 기억할 것이다.

 아직 오지 않은 시간을 센다. 물론 내가 가진 수는 미약하고 초라하기 그지없다. 그래서 그녀가 마지막으로 편안하고 조용한 숨을 내뱉은 지금부터 다시, 처음의 시간으로 돌아간다. 나는 당신을 흔들어 깨운다. 오늘은 7월 6일, 월요일이다. 긴 밤이 끝났으니 이젠 그만, 눈 뜰 시간이다.

아무도 거기 없었다

—

"한 걸음 한 걸음마다/넘어질 수도 있다."_보르헤스

하늘은 흐리고 대기는 축축하다. 남자는 생전 처음 마주한 풍경을 바라보듯 눈앞을 오래 응시한다. 잿빛 나뭇가지 사이로 대관람차가 걸려 있다. 언제나 멀리서 바라보기만 했을 뿐 남자는 그것을 타본 적이 없다. 풍경은 대개 그런 식으로 지나간다. 거기 있지만 그게 뭔지는 모르는 것. 그러다가 가까이 있다는 것도 잊어버리는 것. 잊었다는 사실조차 알지 못한 채로 눈앞에서 사라지는 것. 남자가 아는 풍경은 그런 것이다. 크게 아쉬울 일은 아니다. 풍경이 중요했던 적은 없으니까.

주위를 돌아본다. 오가는 사람들은 거의 눈에 띄지

않고 얄궂은 음악 소리만 빈 공간에 쩡쩡 울린다. 성한 것보다 고장 난 것이 많은 이곳을 찾는 사람은 지난 일 년 사이에 눈에 띄게 줄었다. 게다가 비가 내린다. 희뿌연 냉기가 젖은 대기를 떠다닌다. 겨울비라니, 망할. 남자는 작게 중얼거리며 옷깃을 여민다. 날을 세워 입고 나온 양복바지는 후줄근해진 지 오래고 올 성긴 모직 코트도 몸을 옥죈다. 개시도 못한 채로 돌아가야 할지도 모른다는 생각에 마음이 무겁다. 부두 쪽으로 나가볼까 생각도 했지만 오늘 같은 날은 그쪽도 마찬가지일 것이다. 그냥 집으로 돌아가야 하나⋯ 주머니 속에 든 지폐 몇 개를 만지작거리며 망설이던 남자가 고개를 든다. 오르골 소리 때문이다. 맞은편에서 삐걱거리며 회전목마가 돌기 시작한다. 손님이 든 모양이다. 남자는 폴라로이드 카메라 줄을 고쳐 매고 손가락 관절들을 번갈아 주무르며 회전목마 부스 쪽으로 걸어간다. 사진 한 장으로 추억을 만드세요, 가 나을지 이 순간을 영원히 기념하세요, 가 나을지 따위를 궁리하며 말이다.

여보, 당신 어디 있어요? 아들을 잃은 후 한동안 아내가 가장 많이 한 말은 그거였다. 남자가 불이 난 그 시간에 자신은 뭘 하고 있었는지 떠올리기를 멈출 수 없던 때였다. 숨을 쉴 수 없을 것 같은 나날이었다. 아내의 부름을 외면한 채 남자는 끝없이 그날로 돌아갔다. 자신이 무심코 저질렀을 실수나 악의惡意를 돌이키고 또 돌이킨 게 그때 남자가 한 일의 전부였다. 벌을 받는 게 분명했다. 그렇지 않고서야 멀쩡한 집에서 갑자기 불이 나다니. 그 불에 겨우 일곱 살인 자신의 아들이 비명횡사를 하다니. 그러던 어느 밤, 남자는 어떤 필름을 현상하던 순간을 떠올렸다. 화재가 난 것은 한 가족의 여행 사진들을 현상하던 즈음이 분명했다. 사진은 온통 앞니가 빠진 계집아이들 일색이었다. 팔자 좋은 사람이네. 남자는 바닷가에 모래성을 쌓아 놓고 웃고 있는 통통한 여자와 계집아이들의 얼굴이 현상액 속에서 점점 분명해지는 것을 보며 그렇게 중얼거렸었다. 언제쯤이면 자신도 그렇게 유유자적 살 수 있을까 하는 마음에 한숨을 쉬다가 문밖을 지나가는 사이렌 소리에 미간을 찌푸리기도 했다. 그날이었다. 뭔 놈의 동네가 하루도 조용한 날이 없냐고 투덜거리던 그 시간이 분명했다. 남자는 큰 소리로 울기 시작했다. 누군가 자신의 심장을 움켜쥐어 피를 짜내는 것 같았다. 매일 매일이 그랬다.

 아들은 냉장고 안에서 발견됐다. 불길을 피해 냉장고

안으로 기어들어간 거 같다고 했다. 부검이 필요하다는 경찰의 말에 남자는 반박하지 못했다. 그건 아들을 두 번 죽이는 짓이라고 말하고 싶었으나 눈물이 멈추지 않았다. 겨우 흐느낌이 잦아든 건 아들의 부검이 끝난 뒤였다. 꼭 그렇게까지 했어야 했나요. 남자는 물었다. 이미 쓸데없는 질문이었지만 그게 죽은 아들에 대한 도리라고 생각했다. 단순 화재인지 형사 사건인지 확인할 필요가 있어요. 담당 형사는 말했다. 범행을 은폐하기 위해 고의로 방화를 하는 경우도 생각보다 많다는 형사의 말에 더 이상 보탤 말이 없었다. 부검의는 화재에 의한 질식사라는 최종 소견을 밝혔다. 죽음의 사유가 분명해지자 남자에게는 또 다른 고통이 찾아왔다. 분명하게 말하지는 않았지만 폐에서 화기가 발견됐다고 했다. 그을음으로 새까맣게 변했을 아들의 몸을 상상하지 않으려 노력했다. 그러나 남자는 밤마다 가슴을 쥐어뜯으며 잠에서 깼다. 밤이나 낮이나 사방이 불구덩이였다.

 십삼 년이 지나도록 그는 그 기막힌 순간을 떠올렸다 지우기를 반복한다. 아들을 구하겠다고 불 속으로 뛰어드는 아내를 말릴 틈이 없었다고 이웃이 전했을 때도 남자는 아내가 왜 하필 그때를 골라 혼자 두부를 사러

갔는지가 궁금했다. 다행이었지만 다행 같지 않았고 불행이었지만 더 불행했다. 여보 정말이에요. 당신도 알잖아요. 집에서 가게까지는 눈 깜빡할 정도의 거리였다고요. 아내는 그 순간이 얼마나 짧은 시간이었는지를 강조하며 두 눈을 깜박거렸다. 망막에 치명적인 손상을 입어 영영 앞을 보지 못할 거라는 진단을 받는 순간에도 아내는 두 눈을 비벼댈 뿐이었다. 짓무른 두 눈에서 흘러내리는 눈물은 핏빛이었다. 그게 어떻게 가능한지 몰랐지만 관심을 둘 겨를이 없었다. 아들이 죽었다는 사실만으로도 이미 지옥이었다. 그 와중에도 아내는 허공을 더듬으며 비탄에 잠긴 남자를 찾았다. 여보, 당신 어디 있어요? 눈 깜빡할 사이에 우리의 작은 새는 어디로 갔죠?

"개시는 하셨수?"

등 뒤에서 누군가 묻는다. 남자는 천천히 뒤를 돌아본다. 린다 씨다. 이 유원지에 남은 마지막 청소부 중 하나인 린다 씨는 자신이 잘리지 않은 건 순전히 실력 때문이라고 했다. 그 돈에 네 몫을 하는 청소부를 구하기란 하늘에 별 따기라는 걸 그치들도 아는 거라오. 린다 씨는 걸핏하면 손가락 네 개를 들이대며 그렇게 말했다.

청소로 두 자식을 키웠다는 린다 씨 앞에서 남자는 자신이 가진 것을 떠올린 적이 있었다. 그러나 아무리 생각해도 남자에게 남은 것은 몇 대의 카메라가 전부였다.

고개를 흔드는 남자를 향해 린다 씨는 혀를 끌끌 차며 아내의 안부를 묻는다. 린다 씨의 그런 오지랖이 가끔은 불편하지만 이 유원지에서 이렇게나마 버틸 수 있는 게 그녀 덕분이란 걸 안다. 매표소를 그냥 통과할 수 있게 된 것도, 코딱지만한 매점 구석에서 언 손을 녹일 수 있는 것도 모두 그녀가 말을 넣어줬기 때문이다. 여기 놀러오는 사람들은 딱 두 종류로 보면 된다오. 금지된 사랑이거나 아니거나. 믿으라니까. 그것만 알면 돼요. 어차피 젊은 애들이야 이런 데서 이런 사진 절대로 안 찍으니까 패스. 걷는 걸 잘 봐요. 떨어져 걷는지, 나란히 걷는지, 앞을 보고 걷는지, 두리번거리며 걷는지. 남자가 건넨 자판기 커피를 받아 마시며 린다 씨는 그렇게 말했다. 나란히 걷는 초로의 노인들이나 등산복 차림으로 앞서거니 뒷서거니 서로 딴 곳을 바라보며 걸어가는 중년의 남녀를 발견할 때마다 남자는 린다 씨의 말을 떠올렸다. 그래봤자 하루에 한두 장, 운이 좋으면 서너 장 찍는 게 고작이었다. 사진으로 벌어먹을 수 있는 시대가 아니라는 것 정도는 남자도 알았다. 화재 이후 이 오래된 도시로 옮겨 왔던 것도 따지고 보면 그 때문이었다. 죽지 못할 바에야 죽은 듯이 살고 싶었다. 하지만 이곳에 와서도 자신이 잃어버린 것들이 생각나서 견딜 수가 없었다. 살아서는 도저히 죽은 듯 살 수 없다는 사실을 깨닫고 다시 사진관을 열었다. 물론 이제 사진을 찍으러 사진관을 찾는 사람은 없었다. 잠이 오지 않는 밤이면 남자는 가끔 스스로에게 물었다. 왜 이렇게 됐을까. 자신의 이익을 위해 남에게 희생을 강요한 적도 없었고 원망한 적도 없었다. 임종 직전의 부모는 모두 남자에게 고생했다는 유언을 남겼고 하나 뿐인 여동생도 그런 대로 성의껏 뒷바라지를 했다. 자랑할 것도, 부끄러울 것도 없는 평범한 인생이었다. 그런데 왜, 이렇게 됐을까. 남자는 끊임없이 스스로에게 물었다. 그럴 때면 아내는 남자가 누운 쪽을 향해 검지를 입술에 대고 속삭였다. 쉿, 지금 막 작은 새가 창가에 날아왔어요.

남자도 아내를 따라 속삭였다.

"어떻게 알았지? 내가 잠에서 깬 걸 말이야."

어둠 속에서 아내가 방긋 웃는 게 희미하게 보였다. 우는 것처럼 보이기도 했다. 울든 웃든 그녀의 짓무른 눈 주위는 언제나 시뻘걸 거였다.

"그건 설명하기 어려워요, 여보. 그냥 그럴 거 같았어요."

이따금 자면서 흐느끼던 아내는 아침이면 말짱하게 깨어났고 그냥 그럴 것 같은 일들은 계속됐다. 그런 일―아내가 잃어버린 남자의 수첩을 찾아준다든지, 길을 걷다가 발밑에 떨어진 동전을 줍는 것과 같은―이 반복되자 남자의 의심은 풍선처럼 부풀었다. 보지 못하는 것이 아니라 보지 못하는 척 하는 것 같았다. 왜 이렇게 됐을까. 운명 탓을 하기에는 너무나 어이없는 운명이었다. 그러다가 운명 탓이 아닐지도 모른다는 생각을 하게 된 건 아들의 사진을 들여다보는 아내를 발견한 날이었다. 그게 뭔지 아냐고 묻는 남자에게 아내는 말했다. 여보, 안 보여도 보이는 것들이 있어요. 엄마란 그런 사람이에요. 기가 막혔다. 남자가 생각하기에 그 말은 아들을 혼자 불에 타 죽게 한 여자가 해서는 안 되는 말이었다. 게다가 눈 먼 여자가 사진을 들여다보다니. 도대체 말이 되지 않았다. 남자는 충동적으로 아내의 손목을 끌고 버스를 탔다. 어디로 가는지, 왜 가는지도 묻지 않고 따라나선 아내는 내내 눈앞의 허공을 응시할 뿐이었다. 도심의 버스 터미널에 도착할 때까지 아내는 남자의 옷소매를 붙잡고 있었다. 남자가 사람들이 가장 많이 오가는 대합실에 그녀를 멈춰 세웠을 때도 아무것도 묻거나 따지지 않았다. 남자는 태연하게 말했다. 화장실에 다녀올게. 그리고 덧붙였다. 기다릴 수 있지? 아내는 경쾌한 비둘기처럼 여전히 일말의 의심도 없었다. 그럼요, 여보. 세상에서 내가 제일 잘하는 게 그거예요. 남자는 도망치듯 등을 돌려 재빨리 아내로부터 멀어졌다. 의심을 확신할 결정적 순간. 남자가 기다린 것은 그것이었다. 멀찍이 떨어져 아내를 지켜보며 곧 그녀가 자신과 눈을 맞추고 원망 가득한 눈빛을 보내거나 오가는 사람들을 피해 물러서기를 기다렸다. 그 순간을 상상하자 가슴이 두근거리기까지 했다. 그러나 쥐색 홈드레스에 카디건을 걸친 아내는 그 자리에 서 있기만 했다. 사람들의 어깨에 어깨가 채이거나 누군가의 가방에 허벅지가 걸려 비틀댔지만 아내는 악착같이 남자가 세워뒀던 그 자리로 돌아왔다. 바삐 지나가던 사람들이 그녀를 흘깃거렸다. 남자는 점점 이상한 기분이 들었다. 어디선가 본 것 같은 장면이었다. 눈먼 여자는 어디에나 있는데, 왜 어딘가에서 본 것 같은 기분이 드는지 알 수 없었다. 남자는 기억을 떠올리기 위해 애쓰며 자신이 기다리던 순간을 잊어갔다. 그러니까 아내가 그랬듯 남자도 무작정 서 있었던 거다. 한 시간쯤 지났을까. 마침내 아내가 허공을 향해 입을 달싹거리기 시작했을 때야 남자는 뒤늦게 정신을 차렸다. 두 손으로 카디건 자락을 비틀어 쥐고 주저하듯 노래를 부르는 아내가 보였다. 남자는 이 낯선 광경이 왜 낯익게 느껴지는지 그제서야 깨닫고 아무렇게나 주저앉았다. 오랫동안 이 눈앞의 광경—이상하기는 했지만 별로 특별하지는 않은 광경—에서 벗어날 수 없었고 앞으로도 그러리라는 예감이 뒤통수를 후려쳤다. 남자의 기억 속에서 걸어 나온 그녀가 눈앞에서 노래를 부르고 있는 거 같았다.

아주 오래 전 남자가 소년이었을 무렵, 그는 고물상 한쪽에 산처럼 쌓인 헌책들 앞에 서 있었다. 몸살을 앓듯 봄을 지나는 중이었다. 자주 배꼽 밑이나 갈비뼈 안쪽이 간질거렸지만 왜 그런지는 잘 몰랐다. 그저 바람 한 점 없이 화창한 날씨가 짜증스러웠고 주말 오후에 고작 고물상이나 지켜야 하는 자신이 한심했다. 근처의 부대에서 흘러나오는 미제 고물들 탓에 아버지와 숙부가 운영하는 고물상은 풍요로웠다. 쌓여 있는 쇠붙이들은 햇살을 받아 반짝거렸고 헌책과 신문이나 잡지들은 한낮의 소음을 먹어 묵직했다. 소년이 그 틈에서 집어든 것은 붉은 사각 테두리를 두른 〈LIFE〉라는 제목의 잡지였다. 처음 보는 잡지를 집어 든 것도 역시 life라는 단어 때문이었다. life는 소년이 아는 몇 안 되는 영어 단어 중 하나였다. 손에 침을 발라 책장을 넘겼다. 얇고 흰 종이가 얇고 흰 종이를 넘어가는 소리가 주위에 경쾌하게 퍼졌다. 소년은 붉은 로고의 코카콜라 광고와 웨스턴 부츠를 신은 카우보이가 먼 산을 바라보며 담배를 피우는 화보를 지나 술병을 가슴골에 끼운 금발의 미녀를 천천히 구경했다. 그 잡지 속에서 소년이 이해할 수 있는 건 아무것도 없었다. 모든 것이 life라는 단어와 관계가 있을 거라 짐작할 뿐이었다. 그러다가 소년은 어떤 한 페이지를 오래 들여다보았다. 검정색 원피스를 입은 여자가 전동차 안에서 정면을 향해 서 있는 사진이었다.* 중절모를 쓴 주변 남자들의 시선은 하나같이 여자를 향해 있었고 여자의 반쯤 뜬—혹은 반쯤 감은—눈은 소년을 향한 채였다. 소년은 백태가 낀 여자의 하얀 눈에서

* Walker Evans: New York, 25 Febuary 1938 / Paul Strand: Blind Woman, New York, 1916을 변형.

눈을 뗄 수가 없었다. 땀구멍들이 순식간에 수축한 것처럼 몸이 긴장하기 시작했다. 사진 전체에 드리워진 기이한 그림자에 매혹된 것이었다. 혼란스러운 감정의 물결이 소년을 뒤덮었다. 두렵고 두근거렸고 슬프고 기뻤다. 몸을 떨며 사진 밑의 영어를 더듬더듬 읽었다. 눈먼 여가수. 사전을 뒤져 찾은 사진의 제목이었다. 여자의 벌린 입에서 흘러나오는 침묵이 소년에게 세상의 모든 목소리를 상상하게 했다. 쓸쓸하고 거친 목소리가 스모그처럼 꿈속으로 스며드는 밤이면 눈물도 조금 흘렸다. 삶이 뭔지는 몰랐지만 뭔가 큰 비밀을 알아낸 것처럼 마음이 무겁고 두려웠다. 소년은 자주 뒤척이며 밤을 보냈다. 그러다가 천천히 잊어버렸다.

아내를 보며 오래전 기억을 떠올린 남자는 그녀에게 다가갔다. 자신 앞에서조차 한 번도 보여준 적이 없는 모습이었다. 노래라니. 남자가 기다렸던 건 이런 게 아니었다. 몇몇 사람들이 걸음을 멈추고 그 광경을 구경했다. 걸음을 멈출 수 없었다. 아내는 초점 없는 눈을 반쯤 뜨고 죽어가는 새처럼 입을 달싹거렸다. 한 아이가 새를… 두 사람이 죽은 새를… 한 아이가 우리를… 두 사람이 죽인 새를… 아내의 목소리가 낯선 높낮이로 주변을 떠돌았다. 남자는 가방에서 카메라를 꺼냈다. 늘 몸의 일부처럼 가지고 다니기는 했지만 사용할 일이 없었던 카메라였다. 여보. 남자가 아내를 불렀다. 노래를 멈춘 그녀가 돌아서는 순간 남자는 자신도 모르게 카메라의 셔터를 눌렀다. 다시 아내를 불렀다. 여보, 정신 차려. 아내는 보이지 않는 눈을 다시 비비기 시작했다. 눈 주위는 여전히 새빨갰다. 남자는 다시 셔터를 눌렀다. 아내가 손을 뻗으며 남자를 불렀다. 여보, 당신 어디에 있어요? 남자가 느릿느릿 손을 내밀었다. 화장실에 사람이 너무 많았어. 아내는 방긋 웃었다. 그럴 줄 알았어요. 터미널은 원래 그런 곳이에요. 보이지는 않지만… 너무나 빤히 알 수 있는 사실인걸요. 남자는 왜 노래를 부르고 있었냐고 묻지 않았다. 아내에게 대답을 듣기가 두려웠다. 아내의 말대로 작은 새는 영영 날아가버렸다. 분명한 그것뿐이었다.

남자는 주머니에 손을 넣은 채 유원지를 가로지른다. 비는 그쳤지만 이미 온몸과 발은 물먹은 스펀지처럼 무겁다. 젖은 옷에서 낡고, 찌들고, 피로한 삶의 온기가 피어오른다. 오늘처럼 사진을 한 장도 찍지 못한 날은 앞으로 점점 늘어날 것이다. 추억을 만들기 위해 거리의 사진사에게 돈을 지불하는 사람은 이제 없다. 그럼에도 불구하고 왜 해만 뜨면 카메라를 들고 나와 쇠락해가는 이 유원지나 연안부두 근처를 헤매고 다니는 걸까. 차라리 사진관에 앉아 증명사진을 찍으러 올 손님을 기다리는 편이 나을 텐데. 린다 씨도 남자에게 길에서 몸을 축내기에는 너무 늦은 나이가 아니냐고 물은 적이 있다. 증명사진을 사진이라고 할 수 있나요. 남자는 그렇게 대답하면서도 그다지 신통한 대답은 아니라고 생각했다. 배경이 상관없는 사진들—그러니까 증명사진이나 여권사진과 같은 것들—만 찍으며 살기 싫었던 시절도 분명 있었다. 그것들은 대부분 '나'가 나임을 증명하기 위한 용도로 쓰이는 사진이었다. 남자가 생각하기에 사진은 기억과 관련된 영역의 일이었다. 그게 진짜였다. 물론 기억과 증명은 얼핏 비슷한 것처럼 보일 수도 있지만 증명은 기억과 별 상관이 없었다. 그건 영혼의 문제예요. 남자는 그렇게 말하고 싶었다. 사진이 처음 발명됐을 때부터 이미 많은 사람들이 알고 있던 사실이었다. 영혼이 없는 사진은 가짜였다. 그러나 그런 말을 꺼낼 처지가 아니었다. 사진이 뭐 별건가, 찍으면 사진이지. 다만 린다 씨가 그렇게 대꾸하는 소리를 들었을 뿐이다. 맞는 말이야. 하지만… 남자는 중얼거리다 멈춰 선다. 길가의 야트막한 산기슭에서 새소리가 요란하다. 까마귀는 최근 몇 년 사이에 부쩍 자주 보이는 새였다. 여보, 까마귀가 울면 누군가 죽은 거래요. 아내는 까마귀 우는 소리가 들릴 때마다 귀를 막으며 그렇게 말했다. 또 누가 죽은 걸까요. 왜 작은 새는 돌아오지 않는 걸까요. 그런 말을 하는 아내는 죽은 사람 같은 표정이었다. 그 와중에도 늘어난 티셔츠 사이로 아내의 동맥이 팔딱거리는 게 보였다. 쇼하지 마. 남자는 아내의 귓가에 대고 조용히 말했다. 딱 한 번이었다. 아내는 벽에 기대 울었다. 가슴골이 훤히 드러난 줄도 모르고 흘러내린 머리카락이 바람에 흔들리는 줄도 모르고 울기만 했다. 남자가 보기에 그 모든 게 살아 있는 여자의 호사 같았다.

어느새 유원지를 들썩거리게 만들던 음악 소리가 들리지 않는다. 머리 위를 떠돌던 까마귀들마저 숲으로 되돌아가자 주위는 한층 더 적막하다. 대관람차 위에 걸린

구름이 점점 더 구정물처럼 흐려지는 걸 바라보던 남자는 유원지의 출입구를 향해 걷기 시작한다. 오늘은 뭘 해도 헛수고일 거라는 뒤늦은 판단 때문이다. 물론 아내가 기다리는 집으로 돌아갈 생각은 없다. 사진관에 딸린 방 한 칸이 전부인 그 방에서 아내와 부대끼기에는 너무 이른 시간이다. 우선 이곳에서 나가서 도심으로 가는 버스를 탈 생각이다. 어디로 갈 건지는 언 몸을 녹이며 생각해도 늦지 않을 거다. 마음을 정하자 걸음이 바빠진다. 늘 바쁘게 걸었지만 가고자 하는 곳에 무사히 도착한 적은 별로 없었다. 아버지와 숙부가 운영하던 고물상이 말 그대로 고물상이 되면서부터였다. 근처의 주둔부대가 철수를 결정한 즈음이었다. 미제가 옛날처럼 귀한 시절은 아니었지만 그래도 그 여파는 컸다. 오랫동안 풍요로움에 길들여진 숙부와 아버지는 자신들의 상황을 쉽게 받아들이지 못했다. 그들은 도미노처럼 차례로 넘어졌다. 아버지가 쓰러지자 숙부는 남은 재산을 정리해 사라졌고 남겨진 가족들은 자신들이 왜 야반도주를 해야 하는지도 모른 채 살던 동네를 떠났다. 그 와중에 남자는 떠밀리듯 가장이 됐고 가장이 뭔지도 알기 전에 아들을 잃었다.

아내는 눈이 보이지 않는 삶에 빠르게 적응했다. 남자에게 고통이나 불편을 호소하거나 도움을 구하지도 않았다. 모든 면에서 시력을 잃기 전보다 훨씬 더 능숙해 보였다. 날카롭게 줄을 세운 바지를 입거나 푸른빛이 돌 정도로 눈부시게 흰 셔츠를 입는 게 남자에게는 여전히 당연한 일상이었다. 남자는 종종 아내의 눈이 보이지 않는다는 사실을 잊어버렸다.

"어떻게 그게 가능하지?"

들깨미역국을 떠먹으며 남자가 물었다. 남자가 좋아하는 음식이었다. 아내는 그런 남자 옆에서 손을 숨기며 방긋 웃었다.

"눈이 보이지 않으니 일에 더 집중하게 돼요. 오히려… 더 편하다는 생각이 들 정도예요, 여보."

남자는 숟가락을 내려놓았다. 더 편하다니. 어떻게 그런 말을 할 수가 있지? 화가 나서 속이 불편했다. 물론 내색하지 않기 위해 애썼다. 아내가 울까 봐 두려웠다. 아내가 우는 게 보기 싫었다. 우는 것조차 변명 같았다. 그런 남자의 마음을 읽기라도 한 것처럼 아내는 울며 변명했다. 여보, 그런 게 아니에요. 그렇지 않아요. 아내는 그렇게 말하며 또 울었다. 아들이 죽은 후 끝없이 반복되는 상황이었다. 물론 끝없이,라는 말은 현실적인 말이 아니었다. 끝없이,라고 말하면서도 언젠가 어떻게든 끝이 날 거라 생각했다. 남자가 모르는 건 그 언젠가가 언제인지에 관한 것이었다. 그 사실 때문에 남자는 더 자주 화가 났다. 그러던 어느 밤, 아내가 등을 돌리고 누운 남자의 맨살을 쓰다듬기 시작했다. 여보, 방금 꿈에 아이가 왔어요. 우리의 아이 말이에요. 너무 반가워서 제가 꼭 껴안았더니 그만 그 아이가 제 배 속으로 숨어 버리지 뭐예요, 글쎄. 이게… 무슨 꿈일까요. 아내는 손가락으로 남자의 등뼈를 하나하나 짚어가며 꼭꼭 눌렀다. 그건 몹시 친밀하면서도 자극적인 손놀림이었다. 남자는 무슨 말이라도 하고 싶었지만 마땅히 할 말을 찾지 못했다. 맨살에 닿는 아내의 손은 생각보다 거칠었다. 어디선가 밤새가 울었다. 푸득거리는 날갯짓 소리가 들리는 것도 같았다. 몇 년 전 아내가 버스 터미널에서 불렀던 노래가 떠올랐다. 한 아이가 새를…, 두 사람이 죽은 새를…, 한 아이가 우리를…, 두 사람이 죽인 새를…

　그건 『머리 위의 새』라는 동화책에 나오는 구절이었다. 남자는 아들에게 그 책을 읽어주던 순간이 사진으로 남았음을 기억해냈다. 사진 찍히기를 싫어한 아내가 찍은 사진이었다. 그래서 거기 있었지만 거기 있었던 사실을 증명할 길 없는 사람. 아내는 그런 사람이었다. 그 사이에 아내의 손은 등에서 가슴으로 넘어와 남자의 쌀알 같은 젖꼭지를 손바닥으로 쓸기 시작했다. 여보, 우린… 다시 시작할 수 있을 거예요. 아내가 남자의 등 뒤에서 그렇게 속삭였을 때 남자는 조용히 아내에게 물었다. 우리가… 도대체 뭘 다시 시작할 수 있지?

오락가락 하던 비는 어느새 싸락눈으로 바뀐다. 갈 곳을 궁리할 수 있는 날씨가 아니다. 차라리 나오지 말걸. 남자는 바닥에서 소금 알맹이처럼 튀어 오르는 눈을 보며 생각한다. 바닥을 구르는 싸락눈을 몰고 바람이 지나가는 걸 보고 있자니 몸속에서도 바람이 부는 것 같다.

기다리던 버스가 마침내 느릿느릿 눈을 헤치고 다가온다. 남자는 부르르 몸을 떨며 버스에 올라탄다. 돌아가고 싶지는 않지만 돌아가는 것 외엔 방법이 없을 때가 있다. 돌아가고 싶지만 돌아갈 수 없는 시간도 있다. 상황과 시간을 맞추는 사소한 일들이 왜 이토록 어렵게 느껴질까. 남자의 삶은 정말 그랬다. 상황과 시간을 적당히 가릴 수 있었다면 남자의 인생은 아주 크게 달라졌을 것이다. 돌아가고 싶지 않은 곳과 돌아가고 싶은 시간을 떠올리는 것이 남자의 오래된 버릇이듯 아내에게도 입버릇이 있었다. 쓸데없는 짓이에요. 아내는 자주 그렇게 말했다. 여보, 제게 그건 정말 쓸데없는 짓이에요, 당신도 알잖아요. 캄캄한 방을 더듬으며 남자가 투덜거릴 때마다 아내는 그렇게 변명했다. 하긴, 앞이 보이지 않는 그녀가 불을 켜고 끈다는 것도 이상했다. 아내의 말은 일리가 있었다. 덕분에 그 일은 언제나 남자의 몫이었다. 불을 켜면 언제나 어둠 속에 앉아 있던 아내가 남자를 향해 방긋 웃었다. 어서 오세요, 여보. 남자는 그럴 때마다 생전 처음 보는 사람을 보듯 아내를 빤히 쳐다보곤 했다. 자신을 향해 웃는 아내가 아름답게 보였기 때문이다. 아내는 날이 갈수록 더 아름다워졌다. 불빛에 비친 아내의 볼은 발그레했고 피부는 물고기처럼 투명하고 윤기가 돌았다. 보푸라기가 인 홈드레스나 해진 스웨터도 일부러 골라 입은 것처럼 어울릴 정도였다. 그게 사실이라는 사실을 인정하기까지는 꽤 오랜 시간이 걸렸다. 아무리 시간이 지나도 아내의 눈빛은 이해하기 어려웠다. 이해는커녕 날이 갈수록 의혹도 커졌다. 앞이 보이지 않는 여자의 눈이 한겨울의 별처럼 반짝거리다니. 그게 어떻게 가능하지? 가끔 거울 앞에서 남자는 자신의 등 뒤에 서 있는 아내에게 물었다. 아내는 방긋 웃기만 했다. 그렇게 말해줘서 정말로 고마워요, 여보. 그러나 남자에게는 마음에 없는 말을 할 여유가 없었다. 분명히 자신이 모르는 어떤 이유가 있을 거라 생각했다. 아내의 주변 인물들을 의심하기 시작한 건 그 때문이었다. 그건 매우 못난 짓이었지만 달리 도리가 없었다. 매일 집을 나와 사진관 주위를 서성거리며 아내를 살폈다. 창문 밑에서 한참을 숨죽이고 서 있기도 했다. 사랑이나 질투에서 비롯된 행동은 아니었다. 모든 걸 끝낼 계기가 필요했다. 아내가 자신의 잘못을 인정할 수밖에 없는 결정적 계기. 자신의 의혹이 순결하다는 믿음을 뒷받침할 만한 그런 순간. 그런 상황들에 거의 다 다다랐다고 생각했다. 하지만 남자는 오래지 않아 아내에게 주변이라고 할 만한 것이 없음을 인정해야 했다. 그녀는 뭘 사러 나가지도 않았고 누굴 불러들이지도 않았다. 통화 내역까지 뽑아봤지만 반복적으로 걸려오는 전화도 없었다. 남자가 문을 열고 나와 저녁에 다시 문을 열고 들어갈 때까지 아내는 철저히 혼자였다. 어둠 속에서 무슨 생각을 하며 지냈을까. 남자는 자신이 그토록 바랐던 죽은 듯 사는 아내가 새삼 두려웠다. 속을 알 수 없는 눈동자를 빛내며 남자를 찾는 아내를 볼 때마다 도망가고 싶은 마음과 도망갈까 두려운 마음이 교차했다. 냉정한 판단을 할 수 있는 거리가 필요했다. 친정집에라도 다녀오는 게 어떻겠냐고 말을 꺼냈던 건 그 때문이었다. 아내는 눈빛을 흐렸다.

"제가… 뭘 잘못했나요?"
"좋아할 줄 알았는데?"
"제 집은 여긴 걸요. 당신만 괜찮다면 당신 곁에 있고 싶어요."

그래도 얼마나 다행이야. 그런 금슬은 흔치 않다오. 남자에게 아내의 눈먼 사정을 들은 린다 씨가 건넨 첫 말은 그거였다. 남자는 굳이 부정도 긍정도 하지 않았다. 사정을 모르는 사람들은 대부분 그렇게 말했다. 그런 시선들을 의식해서 아내와 함께 사는 건 아니었다. 애초에 남자는 아내와 헤어질 마음이 없었다. 아내는 기회만 된다면 언제든 다시 시작할 마음을 가진 여자였다.

뭘 다시 시작할 수 있냐고 남자가 물었을 때 아내는 울먹거리며 말했다. 여보, 사는 것처럼 살고 싶어요. 제가 바라는 건 그것뿐이에요. 남자는 사는 것처럼 사는 것에 대해 생각했다. 점점 흐려지는 기억을 이따금 서글프게 떠올리며 특별히 기쁘거나 슬프지 않게, 적당히 사는 것이 사는 것일까. 실제로 세상은 그렇게 사는 사람들이 대부분이었다. 다수가 선택한 삶이 삶의 옳은 태도인지도 몰랐다. 그러나 남자는 묻고 싶었다. 그렇게 산다고 냉장고 속에서 죽은 아이가 살아서 냉장고 바깥으로 나올 수 있을까. 새장 밖으로 날아가 버린 우리의 작은 새가, 돌아올 수 있을까. 게다가 그 말은 남자가 꺼내야 하는 말이었다. 그 말만은 아내가 먼저 해서는 안 됐다.

"다만 시간이 좀 더 필요한 거뿐이야. 당신도… 알잖아."

남자는 그렇게 말했다. 그것만이 남자가 말할 수 있는 진심이었다. 어쩌면 언젠가는 이 지옥 같은 나날들이 끝날 거라고 생각했으니까. 그때까지 아내는 기다려야만 했다. 그게 그녀가 할 일이었다. 아들이 죽고 칠 년, 그러니까 지금으로부터 육 년 전 일이었다.

눈발은 점점 굵어진다. 세상을 가득 메운 눈송이로 인해 불과 몇 시간 전까지 선명하던 세상이 흐려지고 멀어진다. 버스 기사가 틀어놓은 라디오에서 뉴스가 흘러나온다. 대설이라 대설답게 중부 내륙과 서해안에 많은 눈이 온다고 한다. 그러니까 남자는 대설이라 대설답게 눈이 오는 중부 내륙과 서해안 어디쯤을 지나가는 셈이다. 물끄러미 창밖을 바라보며 남자는 대설이구나, 라고 중얼거린다. 아들이 태어나던 날도 눈이 많이 왔다. 지상 위의 모든 삶이 일시에 정지한 것처럼 조용해지던 어떤 순간. 눈삽을 든 채로 끝없이 쏟아지는 눈을 바라보던 사람들. 도로 위에 엉킨 실타래처럼 엉망으로 서 있던 차들. 화물 트럭에 부딪쳐 부러진 전신주 위로 쌓이던 눈들. 우아한 눈송이들. 부드러운 곡선 속에 몸을 숨긴 불안들. 어둡고 추운 실내에서 바라보던 바깥은 그랬다. 남자는 넋을 놓고 그 세상을 구경했다. 걱정과 기대가 눈의 결정처럼 주위를 떠돌았다. 마침내 그 차고 환한 침묵을 깨고 아이가 태어났다. 아들이라고 했다. 그때 분만실에서 나온 간호사가 건넨 사진 한 장을 남자는 오랫동안 지갑에 넣고 다녔다. 아들이 혀를 말고 첫 울음을 터뜨리던 그 순간—앞과 뒤가 없는 어떤 찰나—은 남자에게 각인되었다. 그리고 어느 순간 남자는 그 사진을 잃어버렸다. 아들이 태어난 날이 대설인지 아닌지도 분명히 기억나지 않았다. 그게 사진이 할 수 있는 일이면서 사진이 할 수 없는 일이었다. 순간을 영원히 남기는 것에는 성공했지만 그 순간이 어디에서 다가와 어디로 향하는 순간인지, 사진은 결코 말해주지 않는다. 그건 오직 인간만이 가지는 기억 바깥의 기억이다. 남자는 자신이 잃어버린 건 사진뿐만이 아니라는 걸 알았다. 자신이 갖고 있는 건 영혼과 전혀 상관없는, 분명했던 시간의 그림자가 전부였다. 눈덩이처럼 단단하게 뭉쳐진 어떤 시간의 분위기. 혹은 희고 차고 어두운 안개처럼 부유하는 기억들. 남자는 눈앞의 어린 연인들이 잊어버린 어떤 기념일에 대해 토닥거리는 대화를 엿들으며 자신이 잊고 있던 기념일들을 꼽아본다. 자신의 생일과 이 년 간격으로 세상을 떠난 부모와… 아들의 기일이나 아내의 생일 같은 것들. 엄밀한 의미에서 그건 기념일이라고 할 수 없는 날들이다. 떠난 자의 기일에만 떠난 자를 애도하는 건 아니고 태어난 날을 맞춰 요란스레 축하하는 것도 낯 뜨거운 일이었다. 남자는 그저 덤덤히 보이고 싶었다. 적당히 웃었고 적당히 배려하고 적당히 참으며 살았다. 잊어버리기 위해 노력했다. 남모를 슬픔이 밀려들 때마다 카메라를 들고 유원지며 항구며 오래된 동네를 배회했다. 그 사이에 많은 것을 잊어버렸다. 그러니까 전후의 맥락이나 숫자의 감정 같은 것들.

  아내라면 아들이 태어난 날을 기억하고 있을 거다. 엄마니까, 세상의 엄마들은 자식이 태어난 날을 잊지 않는 법이니까. 남자는 주머니를 뒤져 휴대폰을 꺼낸다. 집 전화번호가 정확히 기억나지 않아 번호를 찍었다가 지우고 다시 찍기를 반복한다. 신호음이 길게 이어지지만 아내는 전화를 받지 않는다. 어딜 간 거야, 대체. 남자는 보통 남자들처럼 나지막하게 투덜거리다가 아내가 어디 갈 리가 없는 여자라는 걸 떠올린다. 아마 화장실에 갔거나 낮잠에 빠졌거나 빨래를 걷고 있는 중일 거다. 끝없이 반복되는 통화음을 들으며 화장실 변기에 앉은 아내와 빨래를 걷는 아내와 낮잠을 자는 아내를 상상하는 남자는 그중 어느 모습도 자신이 실제로 본 적이 없다는 사실을 깨닫는다. 남자가 기억하는 아내는 어두운 방 안에서 자신이 돌아오기를 기다리던 모습이 전부다. 어서 오세요, 여보. 테를 두른 듯 눈 주위가 붉고 물고기처럼 투명한 피부에 반짝거리는 눈동자를 가진 아내는 언제나 방긋 웃으며 그렇게 말했다. 어떻게 그럴 수가 있지? 남자는 스스로에게 묻는다. 아내에게 너무 무심했던 게 아닌가 하는 생각 때문이다. 그러나 그게 반드시 어느 한쪽의 탓만은 아니다. 다른 보통의 부부들이 그렇듯 누가 먼저랄 것도 없이 점점 멀어진 것일 뿐이다. 남자는 아내와 마지막으로 나눈 대화가 무엇이었는지 생각한다. 마지막으로 대화를 나눈 게 언제였는지 기억해내려 애쓴다. 지난주쯤, 지난주 어디쯤 아내가 했던 말이 뭐였더라.

창밖의 눈발은 더욱 세차게 날리고 버스는 달리기를 포기한 지 오래다. 간신히 굴러가는 버스 안에서 사람들은 각각 누군가에게 전화를 걸고 누군가로부터 걸려 온 전화를 받는다. 거의 다 왔어. 뒷좌석 어딘가에서 말소리가 들려온다. 여보, 언젠가부터 새가 날아오지 않아요. 아내는 슬픈 표정으로 말했다. 겨울이잖아. 남자는 거울 앞에서 무심히 대답했다. 안 들려? 버스 뒤쪽에서 다시 누군가가 연거푸 말한다. 안 들리냐고, 정말 안 들려? 안 그래도 붉은 눈 주위가 더 붉어진 아내가 불안한 듯 물었다. 정말 기다리면… 돌아올까요? 그리고 중얼거리듯 덧붙였다. 오, 여보, 이제 늦었나 봐요. 남자가 앉은 좌석의 손잡이를 잡은 청년이 전화기에 대고 낮게 화를 낸다. 내 탓이 아니잖아. 지금 상황이 어떤지 뻔히 알면서도 그런 말이 나와? 남자는 대꾸하지 않고 아내를 쳐다보기만 했다. 지친 거 같아요. 기다리는 게 이제 너무 힘들어요. 아내가 중얼거렸다. 기다리든지 말든지 맘대로 해. 청년은 내뱉듯 말하고 전화기를 주머니에 집어넣는다. 그녀의 새 타령은 이제 너무 지겨웠다. 할 수만 있다면 피하고 싶었다. 그래서 아내의 마지막 말을 듣는 둥 마는 둥 방문을 열었다. 어쩌면 처음부터 잘못… 아내는 거기서 말을 삼켰다. 어디선가 전화벨이 울린다. 그러나 다들 이 세상의 일이 아닌 것처럼 쏟아지는 창밖의 눈을 바라볼 뿐이다. 잘못, 다음 말은 뭐였을까. 남자는 목도리를 고쳐 매고 카메라를 품속에 숨기고 주머니에서 장갑을 꺼내 낀 다음 자리에서 일어선다. 뒤늦은 궁금증이 남자를 일으켜 세웠고 차라리 걸어가는 쪽을 택하게 한 거다. 눈 속을 걷는 일쯤은 아무것도 아니니까 말이다.

버스에서 내려서는 순간, 남자는 계단을 헛디딘 사

람처럼 비틀거린다. 짐작했던 것보다 훨씬 더 빠르고 거친 눈이 시야를 가린다. 눈을 제대로 뜰 수 없다. 머리와 얼굴에 떨어진 눈이 금세 녹아 턱을 타고 흘러내린다. 남자는 눈을 비비며 목도리를 고쳐 맨 다음 코트 깃을 곧추세우고 걸음을 뗀다. 도로를 지나는 차들과 행인은 눈에 띄게 줄었다. 상점들도 서둘러 문을 닫기 시작한다. 집까지는 두 정거장 정도 걸어야 한다. 발목까지 빠지는 눈 때문에 운신조차 어렵다. 이곳은 안에서 바라보던 바깥과는 다른 바깥이다. 이 눈이 모두 얼면 어떻게 될까. 언젠가 그랬듯 미끄러진 화물차가 전신주를 들이받지는 않을까. 그래서 이 일대가 온통 암흑천지로 변하지 않을까. 언 볼이 점점 뜨거워진다. 뜨겁다니. 남자는 볼을 감싸 쥔다.

아내는 걸핏하면 동상에 걸렸고 걸핏하면 화상을 입었다. 아무리 주의를 기울여도 보통 사람들과는 다를 수밖에 없다는 걸 알았지만 좀 심했다. 부주의하다고 생각했다. 여보, 그런 게 아니에요, 그렇지 않아요. 아내의 변명은 늘 그렇게 시작됐다. 구급상자를 더듬어 빨갛게 부풀어 오른 손등에 바세린을 바르면서도 변명을 늘어놓기 일쑤였다. 굳이 변명할 필요 없는 일에 대해서까지 변명하려 애쓰는 아내를 보고 있자면 모든 게 그녀의 탓인 것만 같았다. 엄밀히 말하면 그녀가 잘못한 일은 없었다. 화재는 누전 때문이었고 그 사이 그녀는 운좋게 집을 잠깐 비웠고 아들을 구하기 위해 최선을 다했고 아들을 잃은 대가로 시력을 잃은 게 그녀가 했던 일의 전부였다. 그걸 알면서도 남자는 갈팡질팡했다. 모든 것이 그녀 탓인 것만 같았다. 그건 남자가 나쁜 사람이라서가 아니라 남자도 어쩔 수 없는 사람이기 때문에 생기는 일이었다. 모든 일에 대해 변명을 늘어놓는 아내는 정말 이해할 수 없었다. 왜 그래, 도대체 왜. 남자는 그렇게 물었다.

"… 뜨겁거나 차가운 감각들에 집중하고 있으면 슬픔이 조금 가라앉는 것 같아요."

아내는 그렇게 대답했다. 어이없는 대답이었지만 대꾸하지 않았다.

"여보, 그럴 때가 있잖아요. 살아 있지만 살아 있는 걸 확인해야 하는 순간들 말이에요. 당신은 그런 순간들이 없나요?"

남자는 그런 게 뭔지 모른다. 그저 감각이 사라진 코와 귀를 더듬어 그것들이 거기 있다는 걸 확인하고 온

길과 갈 길을 가늠하며 걸었을 뿐이다. 이미 소실점이 사라진 길 위에서 남자가 할 수 있는 건 그게 전부다. 눈앞에서 눈의 무게를 못 이긴 가로수 가지가 부러지고 어디선가 달려온 오토바이가 미끄러진다. 그 각각 다른 찰나들이 하나의 결론에 이른다는 사실은 정말이지 몰랐던 사실이다. 순서 없이 일어나는 많은 일들―죽음과 사고와 사랑 같은―의 마지막은 언제나 같았다. 남는 사람은 없었다. 남자는 자신도 모르는 사이에 어떤 세계는 이미 오래전에 끝났고 다시 다른 세계가 지나가고 있다는 걸 알았다. 지금 이 순간 또한 그 언젠가 보았던 세계―지상 위의 모든 삶이 일시에 정지한 것처럼 조용해지던―와는 전혀 다른 세계였다. 신발이 젖어 발은 시리다 못해 뜨겁고 귓가로 눈보라가 지나간다. 무수히 많은 눈을 구경했지만 지금 이 순간 남자가 맞닥뜨린 눈은 처음이다. 해마다 눈이 내렸지만 맹세코 이런 적은 없었다. 온몸이 타는 듯 아프다. 어디에서, 어디로 가는 것일까. 눈삽을 든 채 끝없이 쏟아지는 눈을 바라보던 사람들은 어디로 갔을까. 엉킨 실타래처럼 엉망으로 서 있던 차들은, 우아한 불안들은, 화물 트럭에 부딪쳐 부러진 전신주들은 다, 어디로 갔을까. 그때였다. 어디선가 굉음이 들리는가 싶더니 정신이 아득해진다. 그 이유가 뭔지 깨닫기도 전에 남자는 머리통을 부여잡고 바닥에 넘어진다. 몸 안에서 뭔가가 부서지는 소리가 들린다. 바닥에 내던져진 거울처럼 어딘가가 산산조각 나는 느낌이다. 뭐지? 여기가 어딘지, 자신이 누구인지, 자신이 느끼는 지금의 감각들이 무엇 때문인지, 남자는 눈을 감고 생각한다. 물론 그건 아주 짧은 순간이다. 천천히 눈을 뜬다. 위협적인 눈송이들이 무서운 속도로 떨어진다. 정체 모를 통증이 파도처럼 밀려온다. 잘못한 사람은 없는데 왜 모든 것들이 잘못된 걸까. 도대체 왜 이렇게 됐을까. 남자는 가까스로 상체를 일으킨다. 남자 쪽을 바라보며 선 행인들이 보인다. 혼자가 아니라 다행이다. 피예요, 피가 나요. 남자와 눈이 마주친 무리 중의 아이가 소리친다. 남자는 떨리는 손을 들어 자신의 얼굴을 쓰다듬는다. 장갑에 흥건한 검은 얼룩에서 김이 솟는다. 무슨 일이 일어난 걸까. 그 사이에도 장갑 위에는 눈이 내리고 내려앉은 눈 위에 다시 눈이 내린다. 남자는 손을 떨며 주머니에서 휴대폰을 꺼낸다. 코피를 삼키듯 계속 숨을 삼킨다. 아내에게 전화를 걸어야 한다. 어둠 속에서 자신이 돌아오기만을 기다리고 있을 아내에게 자신의 상황을 알려야 한다. 세상이 돌기 시작한다. 발신음을 들으며 남자는 눈 위에 도로 드러눕는다. 바늘 같은 눈이 얼굴에 꽂힌다. 언젠가는 눈 녹듯 사라질 실감의 눈들. 눈을 뜨고 있을 수가 없다. 눈을 감자 새가 우는 소리가 들린다. 눈들이 운다. 누군가 다가오는 기척이 느껴진다. 머리 위의 새는 어디로 갔지? 남자는 중얼거린다. 아내는 내내 전화를 받지 않지만 그것에 대해 남자는 아무것도 아는 게 없었다. 다만 아무도 거기 없다는 사실을 알 뿐이다. 우리는 모두 어디로 갔을까. 남자는 사력을 다해 그렇게 생각한다.

눈 속의 잠*

―

* '눈 속의 잠'은 송승언의 시에서 빌려 왔다.

누구나 한 번은 겪는 일이란다.

엘리베이터에 타며 내가 떠올린 말은 그거였다. 그게 누가 한 말인지는 잊었다. 다만 그렇게 말하며 내 어깨를 다독이던 손의 감촉을 떠올릴 뿐이다. 커다란 손이었다. 크고, 아주 묵직했던 것 같다. 식도를 타고 저릿한 통증이 퍼져나간다. 한동안 잠잠하던 식도염이 도진 것일까. 나는 가슴을 문지르며 올라가야 할 층 번호를 누른다. 문이 닫힌다. 검정 유니폼에 방검 조끼를 걸친 사내가 엘리베이터 문에 어른거린다. 오른손을 들어 왼쪽 어깨를 짚는다. 문에 비친 사내도 나를 따라 오른손으로 왼 어깨를 짚는다. 특별할 것도, 이상할 것도 없다. 그런데 왜 나는 이 바보 같은 짓을 하며 울고 싶은 기분이 되는 것일까.

 언젠가 인간의 신체 중 타인과 접촉이 가장 잦은 부위가 어깨라는 기사를 본 적이 있다. 도시에서의 삶은 그런 것이라고 했다. 의식하든 말든 하루에도 몇 번씩 누군가와 어깨를 부딪치며 살아가는 사람들. 나도 그런 사람 중 하나일 거다. 그러니까 조금 전 내가 떠올렸던 그 감각은 그리 특별한 것이 아닐 거다. 알 길은 없다. 알 길 없는 일은 종종 일어나고 끝내 알 수 없는 채로 지나가버린다.

 보안팀 감시 카메라 모니터를 통해 18층에서 웬 남자가 사무실 쪽으로 걸어 들어간 것을 본 건 삼십 분 전이었다. 간혹 야근하는 직원이 늦게까지 남아 있는 경우도 있지만 그런 경우 미리 통보하는 것이 관례였다. 내가 기억하기로는 어제 18층에서 야근을 신고한 팀이나 직원은 없었다. 게다가 지금은 새벽 네 시가 다 되어가는 시간이다. 이 시간에 사무실로 걸어 들어간 남자가 누구인지 확인해야 했다. 그게 보안팀에서 할 일이었다. 다녀오라고, 파트너는 무심히 말했다. 둘 다 자리를 비울 수는 없다는 파트너의 말을 곧이곧대로 믿은 것은 아니었다. 그가 유럽 축구의 열성 팬이라는 사실을 모르는 동료들은 없었다. 거기다 낯선 남자가 감시 카메라 속에 모습을 보인 시간은 하필 첼시와 맨유의 후반전 경기가 시작될 무렵이었다. 파트너가 응원하는 첼시가 2대 1로 지고 있는 상황이었다. 중계 카메라에 잡힌 훌리건들을 본 파트너는 휘파람을 불며 나를 돌아보았다. 분위기가 심상치 않다고 했다. 일생일대의 구경거리가 생길 수도 있다는 말이었다. 광분한 훌리건을 보는 게 왜 일생일대의 구경거리인지 알 수 없지만 나는 그에게 후반전을 포기하라는 말을 꺼낼 수 없었다. 나는 고작 6개월밖에 안 된 신참이었고 그는 6년차였으니까. 괜찮지? 굼뜨게 자리에서 일어서는 나를 향해 파트너는 건성으로 말했다.

괜찮고말고. 고작 지하 2층에서 지상 18층까지다. 나는 파트너가 일러준 주의 사항과 업무 수칙을 되뇌어본다. 엘리베이터가 유난히 천천히 움직인다는 느낌이 드는 것은 다만 기분 탓일 거다. 마른침을 삼키며 허리춤의 손전등을 재차 확인한다. 별일은 아닐 것이지만 이건 내 첫 단독 순찰이고 '첫'에는 늘 얼마간의 긴장이 뒤따르기 마련이다. 나는 길게 심호흡을 한다. 문이 열린다.

어둠이 쏟아져 들어온다. 나는 천천히 그 어둠 속으로 발을 내딛는다.

    살아 있는 동안은 모든 것이 언제나 처음이라는 말을 들은 적이 있다. 노래방 도우미를 하던 여자였다. 그녀는 새벽마다 내가 일하던 편의점에 나타나 선 채로 캔맥주 하나를 비우고 돌아가곤 했다. 가끔은 내게도 맥주를 권하기도 했지만 물론 그 맥주를 받아 마신 일은 없었다. 그렇게 살지 마. 사랑은 언제나 첫사랑이고 또, 마지막이니까 열심히 사랑도 하라고. 밑도 끝도 없이 그런 말을 하며 그녀는 울었다. 아니, 그녀는 실존 인물이 아니라 연극 속의 등장인물이었던 것 같기도 하다. 6개월이라는 시간은 생각보다 많은 것을 잊게 만들었다. 지난봄부터 가을까지는 택배 회사에서 일을 했고 그전에는 카센터에서 세차하는 일을 했고 그전에는, 그전에는 무슨 일을 했더라. 화장실 옆의 스위치를 찾아 복도의 형광등을 켜면서 나는 그런 생각을 한다. 많은 사람과 이름이 떠나갔다. 이제는 그녀가 정말 그녀가 맞는지는 고사하고 세차가 먼저였는지 택배가 먼저였는지조차 가물가물하다. 분명한 것은 극단의 공연이나 연습이 없을 때면 쉬지 않고 무슨 일인가를 했다는 사실이다. 극단에서 받는 돈으로 차비는커녕 끼니조차 해결하기 어려웠지만 극단을 떠나고 싶지 않았던 시절이었다. 그런 내가 선택할 수 있는 일은 많지 않았다. 배우는 경험이 중요하니까. 고무장갑을 끼고 차를 닦으며, 오토바이를 몰며, 절인 배추 상자를 짊어지고 다세대 주택의 계단을 오르며 나는 그렇게 생각했다. 몸으로 익힌 삶의 감각은 결코 극단에서 배울 수 없을 것들이라 스스로를 위로하는 것이 그때 내가 할 수 있는 일의 전부였다.

처음이든 마지막이든 무슨 상관인가. 창은 떠났고 나는 이 푸르스름하고 고요한 이 공간에 있다. 사무실 저편에서 또 다른 불빛이 번지는 것이 보인다. 저곳이 내 현실이다. 관객도, 무대도 없다. 나를 보는 사람이라고는 감시 카메라로 연결된 지하 2층의 파트너뿐이다. 아니, 그조차 나를 잊었는지도 모른다. 후반전이 한창일 시간이다. 잔디 위의 공이 어느 골문을 향할지는 알 수 없다. 그저 뺏고 빼앗기 위해 가슴이 터지도록 뛰는 사람들이 있을 뿐이다. 그러다 제한된 시간을 다 채우면 알게 될 거다. 누가 이기고 지는지를.

불빛 쪽으로 걸어간 나는 걸음을 멈춘다. 남자가 책상 위에 엎드려 있는 것이 보인다. 잠이라도 든 것일까. 주변을 돌아본다. 남자만 제외하면 이 층의 모든 것들이 밤의 질서 그대로다. 칸막이로 부서를 구분한 개방형 사무실에서 움직이는 것은 아무것도 없다. 부서랑 이름 꼭 확인해. 파트너는 그렇게 말했다. 간혹 술에 취한 직원이 회사로 돌아와 직원 휴게실에서 잠드는 일이 종종 있다는 것이었다. 얼마나 자주 그런 일이 일어나는지 되물었지만 그는 밤을 낮처럼, 낮을 밤처럼 살아야 하는 사람들은 으레 보고도 못 본 척해야 할 일이 많은 법이라고 대답했을 뿐이다. 더 이상 되묻지 않았다. 쉬운 일이었다. 이제 타인의 삶에 아무 관심이 없다.

나는 남자에게로 다가간다. 취한 것인지 잠든 것인지 알 수는 없지만 어쨌든 남자를 깨워야 한다. 남자가 엎드린 책상을 두드린 것도 그 때문이다. 그러나 내 인기척에도 남자는 움직이지 않는다. 나는 물끄러미 남자를 바라보며 책상 구석에 처박힌 작은 선인장 화분이나 오랫동안 한 자리에 붙어 있는 메모지를 떠올린다. 남자는 정말 오래된 사물처럼 보인다. 어두운 침묵과 희미한 종이 냄새 속에 묻혀 점점 희미해지는 그런 존재 말이다.

나는 최대한 빨리 남자를 돌려보내는 것이 서로를 위하는 길이라 생각한다. 아직 간간이 눈발이 날리는 2월이다. 남자의 어깨를 흔든다.

이봐요. 이봐요.

내 목소리가 빈 사무실에서 낮게 울리는 것을 들으면서 나는 거듭 남자를 흔들어 깨운다. 남자가 느릿느릿 상체를 일으킨 건 파트너에게 도움을 요청할 것인지를 고민하던 즈음이다. 내 쪽으로 고개를 돌린 남자의 얼굴이 번들거린다. 두 볼을 타고 흘러내린 무엇인가가 턱 끝에 맺히는 게 보인다. 눈물이다. 눈물이라니. 코를 훌쩍거리는 남자와 나 사이로 먼 곳의 바람 소리가 들린다. 긴 밤이 될 거라는 예감이 든다. 이처럼 불편하고 난감한 밤은 처음인 것도 같다. 침묵을 깬 건 남자 쪽이었다.

여긴 15년 동안 내 자리였다오.

처진 눈가에다 수염이 거뭇하게 자란 그는 내 모습을 보고도 별로 놀란 기색이 아니다. 그저 오랫동안 잠을 자지 못한 사람처럼 보일 뿐이다. 얼마나 자지 못한 것일까. 그의 움푹 꺼진 볼이며 부은 눈두덩을 보며 나는 생각한다. 도대체 이런 상황에서는 어떻게 해야 하는 것일까. 인물이 상황을 이끈다. 연극개론의 서문에서 발견한 그 말을 기도문처럼 중얼거리던 시절이 있었다. 이 상황이 큰 사고가 될지 가벼운 소동으로 끝날지는 오롯이 내게 달린 것이다. 보고도 못 본 척해야 하는 일뿐 아니라 있는 일을 없던 것처럼 만드는 것 또한 내가 해야 할 일인지도 모른다. 자주 있는 일은 아니지만 직원이 사무실에서 잠드는 일은 있을 수 있는 일이라고 했다. 그런 일의 대처 방법은 이미 충분히 안다. 다만 내가 몰랐던 것은 이런 시간에 이런 곳에서 울고 있는 남자와 마주치게 되었다는 사실이다. 어떤 순간에도 인물이 상황을 이끈다. 냉정해야 할 필요가 있다. 나는 낮은 목소리로 그에게 말한다.

이 시간에 여기에 계시면 안 됩니다… 돌아가셔야지요.

느닷없이 남자가 묻는다.

자식이 있소?

나는 당황한다. 너무나 당황해서 손을 내젓기까지 한다. 바보 같은 행동이다. 몇 번이나 고개를 끄덕이는 남자를 보며 낭패감을 감출 수가 없다. 울고 있는 남자에게 그런 질문을 받기 위해 한밤중에 지하 2층에서 지상 18층으로 올라온 건 아니다. 그는 도대체 여기서 뭘 하고 있는 것일까. 우선 신원부터 확인했어야 한다는, 뒤늦은 후회를 하며 남자를 바라본다.

먼지가 떠다니는 소리조차 들을 수 있을 만큼 조용한 밤이다. 마른세수를 하던 남자는 손바닥으로 얼굴을 가린 채 꼼짝하지 않는다. 이토록 고요한 피로를 본 적이 있던가. 이유를 알고 싶은 마음과 알고 싶지 않은 마음이 동시에 머릿속을 어지럽힌다. 나는 감정을 드러내지 않으려 노력하며 다시 입을 연다.

택시를 불러드릴 수도 있습니다만…

내 목소리는 점점 작아진다. 결코 그가 두려워서는 아니다. 우격다짐으로 그를 끌어내는 것이 망설여질 뿐이다. 지하에 있는 파트너를 생각한다. 그라면 어떻게 했을까. 그라면 남자의 겨드랑이에 손을 끼워 넣고 번쩍 일으켜 세웠을까. 등을 밀며 억지로 엘리베이터에 태워 로비로 끌고 내려갔을까. 후반전이 끝나려면 아직 멀었을까. 왜 아무도 나를 찾지 않는 것일까. 연락하지 않는 것일까.

…내가 마지막으로 택시를 탄 건 3년 전이었어요. 애가 태어난 날이었다오. 눈이 어찌나 많이 내렸는지… 내 생애 그런 눈은 처음이었어요. 기사가 내리라고 하더군. 못 간다고, 밤새 가도 못 간다고. 나는 무작정 걸었어요. 애가 나올 텐데, 애비도 없이 애가 나올 텐데, 하면서.

그는 오래된 일을 회상하는 사람처럼 침침한 허공을 응시하며 그렇게 말한다. 옛일을 회상하는 시간이 많아지는 건 늙는 징후라는 말을 들은 적이 있다. 그러나 그건 늙고 젊음과 상관없는 일이다. 현재의 결핍과 외로움이 끊임없이 과거를 떠올리게 만들 뿐이다. 창과도 그런 얘기를 전화로 한 적이 있다. 김장철 택배 물량을 소화하느라 온몸에서 땀에 전 양말 냄새가 풍기던 날이었다. 나는 간절히 쉬고 싶었고 창은 보고 싶다고 했다. 나는 김장철이 지나고 만나자고 했고 그녀는 김장과 우리가 무슨 상관이냐고 되물었다. 그 질문에 나는 할 말이 없었다. 내가 어떤 상황인지 누구보다 잘 아는 그녀가 그렇게 말하는 건 정말 서운한 일이었다. 창은 내가 변했다고 했다. 1년 전, 아니 6개월 전까지만 해도 밤낮 구분 없이 자신을 보러 달려와 주던 그때의 내가 아니라는 것이었다. 틈만 나면 옛날 얘기를 꺼내며 내 진심을 가늠하고 확인하려 들던 즈음이었다. 과거의 내가 자신에게 얼마나 맹목적이며 헌신적이었는지를 끝없이 상기시키는 것이 그때 우리가 나누던 대화의 전부였다. 나는 신경질적으로 머리를 긁으며 그녀에게 따져 물었다.
 옛날 얘기밖에 할 말이 없어?
 전화기 속에서 그녀가 울기 시작했다.
 나 지금 너무 외로워, 그래서 그래. 불행하다고.

 눈앞의 남자를 바라본다. 과거를 떠올리는 그의 눈이 좀 전과는 비교도 되지 않을 만큼 반짝인다. 나에게도 누군가를 향해 눈빛을 반짝이며 털어놓을 기억이 있을까. 아니, 거듭 생각해도 그건 불행한 사람들의 버릇에 지나지 않는다. 또한 지금의 불행을 기억으로 유예하려는 사람들은 어디에나 있다. 나는 그런 사람들의 기억이 얼마나 과장되고 각색되는지 잘 안다. 창이 떠올리던 기억 속의 나도 내가 아니었다. 나는 늘 닥치는 대로 일을 하며 살기 위해 애쓰는 연극배우였을 뿐이다. 그런 내 곁에서 창은 내내 불행했고 그래서 자꾸 옛날로 돌아갔다. 나는 남자에게 다시 말한다.
 여기에 계속 이러고 계시면 제가 곤란해집니다.

남자가 나를 빤히 본다. 나는 그 눈길을 외면한다. 남자를 돌려보내는 일이 불가능할지도 모른다는 불길한 예감이 든다. 물론 그런 일은 없을 거다. 몇 시간 후면 날이 밝을 거고 날이 밝으면 집으로 돌아갔던 사람들이 속속 이 건물로 돌아올 거다. 그때까지는 어떻게든 해결될 일이다. 그래야 한다. 지금까지의 상황으로 볼 때 남자는 특별히 악의적인 목적으로 사무실로 숨어든 것 같지도 않고 폭력적인 것과도 거리가 멀어 보인다. 게다가 완력으로 끌어내기로 작정하면 간단하게 끝날 만큼 지쳐 보인다. 그러나 나는 내내 망설인다. 그 망설임의 이유가 무엇인지 스스로도 알 수 없다.

미안해요. 미안하지만, 여기는 15년 동안 내 자리였고… 약국이 문을 열 때까지 여기 있어야 해요. 여덟 군데나 돌았는데 아무도 문을 열어주지 않았다오.

남자가 말한다. 남자의 벌어진 겉옷 사이로 실내복이 보인다. 나는 그가 막 잠자리에 들려다가 급하게 겉옷만 걸치고 뛰쳐나온 것 같은 매무새라는 걸 눈치챈다. 책상에 가려 보이지 않는 남자의 하의도 그와 비슷하리라는 걸 어렵지 않게 짐작할 수 있다. 이런 계절에 저런 복장으로 이곳에 앉아 울고 있는 남자라니. 남자가 술에 취해 있었거나 뭔가 다른 의도를 가진 침입자였다면 차라리 쉬웠을 거라는 생각이 들기 시작한다. 내 귀에 들리는 내 목소리가 높고 날카롭게 느껴진 건 아마 그 때문일 거다.

도대체 여기서 뭘 하고 계신 겁니까?

남자가 속삭이듯 대답한다.

보다시피 기다리고 있어요. 약국 문이 열리기를 말이오.

왜 하필 여기서 그걸 기다리느냐고요.

알던 약국들이 모두 사라졌어요. 약을 사 가야 하는데…

나 참, 알 만한 분이 왜 이러십니까.

웃으라고 한 얘기는 아니었지만 남자는 희미하게 웃어 보인다. 그러고는 손바닥으로 목덜미를 훔쳐 외투 자락에 문지르며 말을 잇는다.

내가 뭘 아는지가 중요하지는 않다오. 자식놈 몸이 펄펄 끓는 걸 보고 나왔는데 내가 어떻게 빈손으로 돌아갈 수 있겠소. 그럴 수가 없어요. 아버지라면 자식을 살리는 게 우선이라오.

나는 아무렇게나 의자에 주저앉는다. 그러니까 남자

가 지금 이곳에 있는 이유는 약국에서 약을 사 가기 위해서라는 말이다. 말도 안 되는 소리다. 아픈 아들은 어디에나 있지만 한밤중에 그 아들을 두고 거리를 헤매거나 자신의 사무실에 앉아 우는 아버지는 흔하지 않을 거다. 아니, 그런 아버지는 없다. 아무 때라도 자식이 아프면 응급실로 뛰어가야 하는 게 아버지가 해야 할 일이다. 땀을 흘리며 몸을 떠는 남자를 바라본다. 남자의 겉옷도 2월에 입기에는 지나치게 얇다. 나는 남자가 제정신이 아니라는 사실을 깨닫는다. 그것도 모르고 내내 그를 달래 집으로 돌려보내려고 했다니. 파트너가 알게 된다면 분명 배꼽을 쥐고 웃을 일이다. 그럭저럭 후반전이 끝나갈 즈음이다. 나는 신경질적으로 파트너에게 전화를 걸기 시작한다. 한 번, 두 번, 끊었다가 다시 걸기를 반복한다. 그러나 파트너는 끝내 전화를 받지 않는다. 나는 통화를 포기하고 휴대폰을 주머니에 쑤셔 넣는다. 파트너는 잠깐 화장실에 갔거나 까무룩 잠이 들었을지도 모른다. 얼마든지 상상이 가능한 일이다. 또한 지금은 그 어떤 일도 가능할 것 같은 밤이다. 지구 반대편 어느 도심의 축구장에서 광분한 훌리건으로 인한 초유의 사태가 발생했을 수도 있고 일생일대의 광경을 목도한 파트너가 흥분을 가라앉히기 위해 잠시 건물 바깥으로 나갔을 수도, 그러다가 하필 회사 옆의 편의점 앞에서 헤어진 연인과 재회하는 일이 일어났을 수도 있다. 어쩌면 나를 18층으로 혼자 올려 보냈다는 사실조차 잊었을지도 모른다. 밤은 많은 것을 망각하게 만들고, 많은 것을 상상하게 하고 또 오래된 분노와 상처를 유연하게 만들기도 하니까. 많은 밤이 지나갔다. 그 밤들을 지나며 나도 이제 창을 나쁜 년이라 욕하지 않고도 잠들 수 있게 되었다.

어느 날 그녀는 어학연수를 떠날 거라고 했다. 꿈을 이루기 위해 노력할 거라고도 했다. 내가 아는 그녀의 꿈은 잘 먹고 잘사는 것이었지만 나는 아무 말도 할 수 없었다. 그렇게 먼 곳으로 떠나야 꿈을 이룰 수 있는 세상이라는 걸 깨달았을 뿐이다. 이상한 일이었다. 많은 사람이 성공을 위해 떠날 꿈을 꾸고 실제로 공항에는 수없이 많은 비행기가 들고 남에도 불구하고 여전히 이곳은 사람들로 붐빈다. 떠나고 싶지만 우선은 치약이나 휴지나 쌀이나 물을 사기 위해 노력해야 하는 곳. 나는 계산을 하기 위해 길게 늘어선 사람들 틈에서 떠나지 못하는 사람들을 구경하곤 했다. 현실은 늘 그런 모습이다. 눈앞의 정신 나간 남자가 내 현실이라는 것도 인정해야 한다. 나는 멀리서 굴러온 공처럼 그를 바라본다. 문득, 그나 나나 피로하고 궁색하기는 마찬가지라는 생각이 든다. 결국 우린 떠나지 못할 사람들이니까. 남자가 우울한 정적을 깬다.

우는 것 말고는 할 수 있는 일이 없을 때가 있다오. 아침에 눈을 떠 꿈이 아니라는 걸 확인하는 순간에는 말이오… 대부분 울어요. 그리고는 화가 나서 또 울고, 할 수 있는 일이 없어서 울고… 그런데 정말 무서운 건 뭔 줄 알아요? 그럼에도 내가 살아 있다는 걸 확인하게 되는 순간이에요. 나는 살아서, 이렇게 울기라도 하는구나, 하는 생각이 들면 정말 미칠 거 같아요.

남자는 진심인 것 같다. 정말로 그게 자신이 처한 상황이라고 믿고 있는 게 틀림없다. 나는 묻는다.

그래서 이 시간에 여기서 울고 계셨나요? 살아 있다는 사실 때문에?

그의 진심을 이해할 생각은 없다. 다만 두렵거나 불편해질 때는 끝말잇기를 하듯 끝없이 말을 이어가는 것도 괜찮을 거라 생각할 따름이다. 아주 오래전 누군가 내게 알려준 방법이다. 이 상황을 상식적으로 정리하기 위한 시간이 필요하다. 그게 내가 남자와 말을 이어가는 이유다.

오, 그렇지 않아요. 내가 울고 있던 건 그런 날을 무사히 넘겼다는 사실 때문이에요. 여전히 아이는 아프지만, …곧 약국이 문을 열기만 하면 괜찮아질 거예요. 아무렴요.

…말도 안 돼요.

나는 중얼거리듯 말한다.

어둠 속에서 남자가 긴 숨을 내쉰다.

아픈 자식 앞에서 상식적일 수 있는 아버지는 없다오. 그건 알아야 해요.

낮고 분명한 어조다. 무엇이 남자를 이토록 확신에 차게 만드는 것일까. 그만 돌아가고 싶다. 아무 일도 없었다는 듯이 지하 2층의 사무실로 돌아가 믹스 커피나 홀짝거렸으면. 파트너는 곁에서 흥분한 표정으로 오늘 경기의 주요 장면 따위를 읊어대겠지. 경기는 어떻게든 끝났을 시간이다. 관중과 선수가 떠난 축구장에는 두루마리 휴지나 맥주병 따위가 뒹굴고 있을까. 공은 어느 쪽의 골문으로 굴러갔을까. 거리로 몰려나간 관중들은 모두 집으로 돌아갔을까. 또한 파트너는 헤어진 연인과의 짧은 만남에서 돌아왔을까. 어쩌면 아무도 몰래 눈이 내리고 있을지도 모른다. 눈은 그들의 머리 위와 어깨 위에서 녹아 반짝이고 있겠지.

덥고, 떨리는군요.

좀 전에 그랬던 것처럼 손바닥으로 목덜미의 땀을 훔치며 남자가 중얼거린다. 더울 리가 없다. 2월이고 난방이 끊긴 건물의 실내 온도는 싸늘한 편이다. 게다가 떨린다니. 더우며 동시에 떨릴 수 있는 경우를 가늠하며 잠시 그를 뜨악하게 바라본다. 그 사이에도 그는 옷깃을 여미며 손바닥으로 자신의 목덜미를 훔치는 동작을 반복한다. 나는 남자에게로 다가서 그의 볼에 손등을 댄다. 충동적이라는 생각이 들었지만 이미 늦었다. 예상대로 그의 몸은 지나치게 따뜻하다.

약은 선생님이 드셔야겠네요.

내 말에 남자가 씁쓸하게 웃는다. 눈가의 주름들이 도드라진다. 나는 그 주름이 만든 그늘을 본다. 익숙하면서도 낯설다.

태어나 가장 먼저 배운 말이 뭔지 기억하시오?

그런 것을 기억하는 사람은 없다. 나는 이제 그의 말에 일일이 대꾸하지 않는다. 그도 굳이 나를 향해 던진 질문은 아니라는 듯 어두운 허공을 멍하니 바라보며 말을 잇는다.

누구나 처음 배우는 말이 있다오. 한 번은 다 겪는 일이고말고요. 그 녀석은 말이오. 이건 뭐야, 였어요. 어느 날 눈을 동그랗게 뜨고 고 작은 손가락으로 날 가리키며 그러더군. 이건 뭐야, 라고 말이오.

나는 허공을 향해 싱긋 웃는 남자를 바라보다가 나도 모르게 왼손을 들어 오른편 어깨를 짚는다. 내내 두툼하고 억센 손의 느낌을 지울 수 없다. 누굴까. 다시 내 어깨를 지나간 무수히 많은 손과 체온을 생각한다.

내 마지막 무대는 가족의 달 특집극이었다. "가족의 소중함과 눈물겨운 부성애를 느낄 수 있는 따뜻하고 가슴 시린 연극." 포스터 문구가 다소 진부하다는 의견도 있었으나 애초부터 계절의 특수를 노린 작품이라는 주장에 이견을 갖는 사람은 없었다. 늙은 주인공이 혼자 밥을 먹으며 옛날을 회상하는 방식으로 전개되는 그 작품에서 내가 맡은 역할은 젊은 날의 주인공이었다. 물론 5분 남짓의 회상 장면이었지만 내가 맡은 첫 주연이었다.

자긴 잘할 거야.

창은 몇 번이나 그렇게 말했다.

그만 좀 해.

내가 그렇게 소리를 질렀던 건 전적으로 내 잘못이었다. 그러나 그때 가장 듣기 싫었던 말이 '잘'이라는 말이었다. 잘할 수 있다는 말이 잘해야 한다는 말로 들리던 나날이었다. 무대를 준비하는 기간 내내 나는 긴장한 상태였고 두려웠다. 5분 남짓 내가 무대 전체를 이끌어야 한다는 사실 때문은 아니었다. 차 안에 갇힌 아버지와 여섯 살 아들. 그 설정이 정말이지 맘에 들지 않았다. 갇힌다는 생각만으로도 숨을 쉬기가 어려웠다.

엔진에서 연기가 솟는 차 안의 부자. 운전석의 아버지는 꼼짝도 하지 못한 채 앉아 있고 아들은 뒷좌석에 누워 있다.

아버지 : (고개를 돌리지도 못한 채로) 괜찮니? 얘야, 괜찮아?

아들 : (부스스 자리에서 일어나 앉다가 앞좌석에 앉은 아버지를 보며) 피가 나요. 아빠, 피예요.

아버지 : 괜찮단다 얘야. 좀 부딪친 거야. 이 정도는 끄떡없단다.

아들 : (울먹이며) 어떻게 된 거예요?

아버지 : (몸을 움직이려다가 신음을 흘리며) 고라니가 갑자기 튀어나왔단다. 미안하다 얘야.

아들 : (주위를 둘러보며 혼잣말로) 아무것도 안 보이는데…

아버지 : 걱정 마, 그 녀석은 무사히 집으로 돌아갔을 거야… 그나저나 너는 괜찮은 거지?

아들 : 목이 아파요. 이마도 아프고요.

아버지 : 손가락을 움직여 보렴.

아들 : (손가락을 움직이고 발도 까딱거린다) 움직여요. 움직이는 거 같아요.

아버지 : 그럼 됐다, 됐어… 지난번 유치원에서 배운 노래 기억나지? 한 번 불러 보렴.

아들 : …지금요?

아버지 : 힘들 때일수록 즐거운 마음을 가져야 한다고 했던 거 기억하지? 지금이 그때란다.

아들 : (작은 소리로 띄엄띄엄 노래를 부르기 시작한다)

아버지 : (아들의 노랫소리를 듣다가 혼잣말처럼) 괜찮아. 한 번쯤은 일어날 수 있는 일이야.

아들 : (노래를 멈추고) 이런 일이요?

아버지 : (짐짓 큰 소리로) 그럼. 그러니까 너무 걱정 마라, 얘

야. 아빠가 같이 있잖니.

아들 : (다시 울먹이며 창밖을 살핀다) …연기가 나요, 아빠. 차에서 나가는 게 좋겠어요.

아버지 : 다리가 끼어서 움직일 수가 없단다. 그래도 누군가 사고 소리를 들었을 거야. 문제없어. 곧 우릴 도와주러 누군가 달려올 거야.

아들 : (울음 섞인 목소리로) 그냥 전화 걸면 안 돼요? 그게 더 빠를 거예요.

아버지 : …전화기를 찾을 수가 없단다.

아들 : (창밖을 바라보다가) …눈이 와요. 봄인데… 눈이 내려요.

아버지 : (점점 작아지는 목소리로) 괜찮아. 노래를 부르는 동안은 괜찮을 거야. 아니면 끝말잇기를 해볼까.

아들 : (차 문을 열기 위해 애쓰며 울먹인다) 아빠, 연기가 더 많이 나요.

아버지 : (여전히 앞을 향한 채 손을 들어 올리며) 손을 좀 잡아주겠니.

아들 : (손을 뻗어 아버지의 어깨를 짚으며) 손이 안 닿아요…

아버지 : (자신의 어깨 위에 얹힌 아들의 손등을 가까스로 두드리며) 누구나… 겪을 수 있는 일이란다. 그러니 끝

　　　　말잇기를 해볼까. 여기에서 가장 먼 생각을 해보는

　　　　거야… 에스키모.

아들 : (망설이다가) …모기.

아버지 : (힘없이) 기차.

아들 : 차… 차

FO

　공이 가장 잘 보이는 건요…, 한곳에 가만히 서 있을 때예요.

　나는 나도 모르게 그렇게 말한다. 생각해보면, 내가 이곳에 있는 이유인 것 같기도 하다. 남자가 나를 바라보는 걸 느꼈지만 말하기를 멈출 수 없다.

　그 사이에도 공은 끝없이 굴러가고… 쫓아가기에는 늦은 거죠.

　그렇지… 그러나 상황을 결정짓는 것은 공이 아니라 사람이라오. 굴리거나 차지 않는 공은 아무 의미가 없어요. 그건 알아야 해요.

　처음부터 이해를 바라고 한 말은 아니었다. 그러나 남자의 말에 나는 어쩔 수 없이 다시 오래된 문장 하나를 떠올릴 수밖에 없다. 상황을 결정짓는 것은 사건이 아니라 인물이라는 말. 나는 그때 어떻게 했어야 할까. 차 문을 두드리며 아이가 울던 그때, 아니 눈물이 흐르는 줄도 모르고 차 문을 두드리던 그때, 어떻게든 눈 내리는 산길을 달렸더라면 상황은 달라졌을까. 도와줄 사람을 찾을 수 있었을까. 나는 고개를 흔든다. 지나치게 역할에 몰입한 연극이었다. 아들 역할을 맡은 아이는 아이대로, 나는 나대로 그게 실제라고 생각하기 위해 애썼을 뿐이다. 정말 그랬다. 다급하고 간절하게 열리지 않는 차 문을 두드리는 아이의 연기를 보며 나는 몸을 떨었고 눈을 감기도 했다. 정신 차려. 정신 바짝 차리라고. 누군가 자주 내 어깨를 대본 뭉치로 치며 그렇게 말했는데, 그건 대개 꿈이었다. 꿈인 것처럼 아득한 날의 일이다. 나는 흘러내린 땀을 닦으며 말한다.

저는 잘 몰라요… 어떻게 끝났는지 알고 싶지도 않고요.

나는 내뱉듯 말하고 남자는 그런 나를 흘깃 바라본다.

다들… 한 번쯤은 그런 순간들이 오지요. 너무 자책하지 말아요. 기다리는 게 결코 무력하기만 한 일은 아니라오.

우리의 대화는 정적의 한 부분인 것처럼 작고 희미하다. 나와 남자가 사무실 출입구에 놓인 복합기나 말라가는 석죽처럼 이 층의 어두운 정적 안으로 스며들고 있다는 느낌을 지울 수가 없다. 나는 쓰게 웃는다. 아무래도 좋다는 생각이 든다. 남자를 따라 나도 정신이 이상해지고 있는 것일까. 파트너가 전화를 받지 않는 이유도 더 이상 궁금하지 않다. 다만 공을 떠올릴 뿐이다. 푸른 잔디밭 위의 흰 공, 공은 곧 어디론가 굴러갈 것이다. 아무도 사라지지 않고 울지 않는, 그런 곳으로 말이다.

…아버지가 계시오?

나는 남자의 질문에 대답하는 대신 그의 어깨너머를 본다. 자욱한 어둠, 창밖은 정말 그랬다. 지금은 아무것도 없는 것처럼 보이지만 몇 시간 후면 다시 환한 세상이 시작될 것이다. 밤과 낮이 그렇게 순식간에 바뀌듯, 있지만 어느 사이에 사라지는 존재들. 세계는 그런 식으로 흘러와서 다시 그런 식으로 흘러갈 것이다. 특수를 노린 그 연극은 끝내 공연되지 못했다. 그해 봄의 사고 때문이었다. 누구도 함부로 말할 수 없는 큰 사고였다. 그 먼바다에서 그렇게 큰 배가 전복되지 않았더라면, 그래서 아무도 사라지지 않고 누구도 우는 일이 없었더라면, 어쩌면 그해 오월은 공연 문구대로 따뜻했을까. 아버지와 아들은 무사히 집으로 돌아갔을까. 잠을 기다리며 가끔 그런 생각을 한다. 알 수 없다. 결국 그 연극은 결말 없이 끝나버렸으니까. 불황을 이기지 못한 극단은 잠정 해체됐다. 결말을 잃어버리는 것이야말로 가장 슬픈 일이라는 걸 그때 알았다. 물론 이제는 나와 상관없는 일이다. 지금 눈앞의 남자가 피곤에 찌든 얼굴로 나를 측은하게 바라보는 것 또한 나와 아무런 상관이 없다. 나는 다시 남자의 이마를 짚으며 상관없는 일들에 대해 생각한다. 남자의 이마는 여전히 뜨겁고, 숨소리는 거칠다.

돌아가셔서 좀 쉬세요. 그러셔야 해요.

내 말에 남자가 힘없이 입꼬리를 들어 올린다.

가야지요. 곧 동이 틀 시간이니까… 돌아갈 거라오.

벌써 동이 틀 리가 없다. 시간을 확인한다. 나는 쓴웃음을 짓는다.

동이 트려면 아직도 멀었어요. 이제 겨우 새벽 5시인걸요. 아직 밤이 길고 낮은 짧은 계절이랍니다.

내 말에 남자는 이상하다는 듯 고개를 갸웃거린다.

내 기억이 맞는다면 …곧 하지라오.

하지라니. 구내식당에서 동지 맞이 팥죽이 나왔던 게 불과 한두 달 전이다. 남자의 병은 짐작보다 중증인 모양이다. 아들이 있다는 고백조차 진짜가 아닐 거라는 걸 알지만, 그러면 또 어떠랴. 아침이 오면 모두 잊어버릴 일이다. 나는 아무렇게나 의자에 주저앉으며 그렇게 생각한다. 묵직한 피로가 지상 쪽으로 몸을 끌어당기는 느낌이다. 더 이상 서 있기가 어렵다.

…하긴 밤이 길면 어떻고 낮이 길면 어떻겠소. 그저 약을 구해 빨리 돌아가기만 한다면…, 아들놈은 곧 괜찮아질 거라오. 암요, 지 애비를 닮아 튼튼한 녀석이니까. 내가 그 녀석이 처음 배운 말이 뭔지 얘기했소? 이게 뭐야, 이거라고 얘기했소? 그런데… 나도 그랬다오. 내가 처음 배운 말도… 이게 뭐야, 이거였어요.

혼잣말처럼 그렇게 중얼거리는 남자의 말을 들으며 나는 의자 등받이에 기대 눈을 감는다. 아직 아침이 오려면 멀었고 그때까지 남자는 돌아가지 않을 것이다. 돌아가지 않을 남자를 혼자 두고 나만 돌아갈 수도 없다. 이유는 알 수 없지만 나는 남자와 이렇게 남은 밤을 보내는 것도 나쁘지 않다는 생각이 들기 시작한다. 그는 내가 뭘 하더라도 개의치 않을 것이다. 그러니 잠시 눈을 감고 있는 건 괜찮겠지. 어차피 해가 뜨려면 아직 멀었으니까… 기다리는 게 아무것도 하지 않는 것은 아니니까.

　…그건 내 아버지가 나에게 해준 말이었다오. 그게 마지막이었지. 겨우 여섯 살이었으니 잊어버릴 법도 한데, 그것도 유언이라고… 아무에게도 그 말을 한 적은 없어요. 묻는 사람도 없었지. 정말 그때는 아무 말도 할 수가 없었어요. 나만 살아 돌아왔으니…

　남자는 왜 아무 말이나 중얼거리고 왜 눈은 아무 때나 예고 없이 내리는 걸까. 왜 아버지들은 아무 때나 예고 없이 내린 눈 속에서 눈과 전혀 상관없는 얘기를 하는 건지 나는 정말 이해할 수 없다. 오래 그랬다. 눈이 무거워 눈을 뜰 수가 없다. 나는 눈을 감은 채로 남자에게 말한다.

　한 번은 겪을 수 있는 일이래요, 그건.

　…아버지도 눈 속에 처박혀서 그런 말을 했다오. 괜찮다고, 다 괜찮을 거라고.

　…정말 그럴까요? 정말로 한 번은 다 그럴까요?

　내 말에 남자는 한숨을 내쉰다. 그 소리는 가늘고,

길다.

 약국을 찾아 헤매며 무슨 생각을 했는지 아시오? 애비가 어리석어 애가 고생한다는 거였어요. 눈이 아무 때나 내리는 것처럼 애도 아무 때나 아플 수 있는 건데… 다 내 탓이구나. 다 내 탓이야…

 한 번으로 끝나는 일은 없다. 남자의 자책은 앞으로도 몇 번이고 계속 될 거다. 돌이켜보면 나도 매번 같은 실수를 반복했고 그때마다 자책하고 후회하기를 되풀이했다. 그러면서 알게 됐다. 살아 있는 동안은 그 일들을 멈출 수 없다는 걸 말이다. 모든 일에 처음은 있지만 끝은 없다. 또한 살아 있는 동안 처음 겪는 일들은 멈추지 않을 것이다. 예를 들면 지금과 같은 일들. 이런 시간에 이런 곳에서 이런 사람을 만나게 되는 일을 미리 아는 사람은 결코 없다.

 오랫동안 우는 것 말고는 할 수 있는 일이 없었어. 아무도 내 잘못이라고 하지는 않았지만 사람이라는 게 또 그렇잖아요. …다 내 탓인 거 같고, 내가 그런 거 같고… 그런데 정말 무서운 건 말이오, 그 와중에도 내가 살아서 다행이라는 생각을 했다는 거예요. 겨우 여섯 살짜리가 그런 생각을 했다 이 말이에요. 그런 생각을 하는 줄도 모르고 내내 그런 생각을 했다오. 그래서 아무 생각도 안 하고 살았었나… 아들이 태어나고 알았어요. 내가 그런 놈이었다는 걸 말이오.

 그러니 정신 차려.
 혼자 살아 돌아온 내 어깨를 짚으며 사람들은 그렇게 말했다. 아니, 그렇게 말한 건 조연출이었거나 창일 확률이 높다. 창, 그녀도 같은 실수는 절대 반복하지 않을 거라는 말을 했었다. 마지막으로 그녀에게서 전화가 걸려왔을 때 나는 운동화를 빨고 있었다. 나는 운동화에서 빠진 물로 온통 까만 내 손을 들여다보며 그녀의 말을 듣기만 했다. 창이 알려준 대로 치약으로 빤 게 잘못이라고 생각했다. 전화기 너머에서 누군가 창의 이름을 부르는 소리가 들렸다.
 돌아오기는 할 거야?
 나는 어깨와 귀 사이에 전화기를 대고 손을 씻으며 그렇게 물었다.
 아마도… 그런데 그때면 넌 이미 나를 알아보지 못할 거야.
 그녀의 목소리는 가벼웠고 단호했다.

왜?

나는 다른 사람이 되어 있을 테니까.

그건 나의 오랜 꿈이기도 했다. 불가능한 꿈이라는 생각이 든다. 살아 있는 동안 다른 사람이 될 수는 없다. 물론 더 나은 사람이 되기 위해 노력하는 건 가능하겠지만 그 또한 말처럼 쉬운 일은 아니었다. 나는 그날 얼룩덜룩하게 변해버린 운동화를 내팽개치고 옥탑방을 나와 먼 하늘을 수평으로 그으며 날아가는 비행기들을 오래 바라보았다. 그뿐이었다. 모든 결말이 떠나는 사람과 남는 사람의 이야기로 나뉘는 것은 아니었다. 어차피 이야기는 끝없이 이어질 것이다. 그래서 남자의 아버지는 죽어가며 남자의 첫 말을 떠올렸고 남자는 그 말을 마지막 말로 기억하고 아버지는 누구나 한번 겪을 수 있는 일에 대해 말했던 거다. 나는 적막 속에 앉아 눈을 감은 채로 그것이 내 처음이었고 모든 처음은 처음과 같은 방식으로 되풀이된다는 사실을 깨닫는다.

…어쨌거나 공을 굴리는 건 우리예요. 공은 아무렇게나 함부로 굴러가는 게 아니야. 그건 믿어야 해요.

남자가 말한다. 나를 측은하게 바라보던 그가 일어서는 걸 느낀다. 괜찮다. 조금씩 괜찮아질 거다. 세상에는 누구나 한 번은 겪는 일들이 있으니까. 그리고 아직 그게 마지막인 것은 아니다. 나는 남자가 쇠공을 굴리듯 피로한 몸을 끌고 천천히 내 앞을 지나가는 것을 알지만 눈을 뜰 수 없다. 살아 있는 동안은 모든 것은 다시 되풀이될 것이다. 다시 한밤중에 엎드려 우는 내 앞에 낯선 청년이 나타날 것이고 그 낯선 청년은 자기가 자기인지도, 내가 나인지도 모른 채 함께 밤을 지새우게 될 거다. 혹은, 파트너와 합심해서 나를 끌어낼 수도 있겠지. 상관없다. 설사 그런다고 해도 그런 일은 또 일어날 테니까.

그러니 괜찮아.
나는 고작 그렇게 중얼거린다. 누구나 겪는 일들이 있다. 다만 그것이 그것인 줄 모를 뿐. 이마 위로 환하고 따뜻한 무엇인가가 어른거리는 걸 느낀다. 눈을 뜬다. 동이 트기 시작한다. 다시 어디로든 가야 할 시간이다. 곧 장마가 시작될 거라고 했다.

어제의 버디

—

Y.A. 당신은 무엇에 몰두하죠?
M.D. 글 쓰는 일에. 비극적인, 다시 말해 삶의 흐름에 관련된 일이지. 나는 노력하지 않아도 그 속에 있어.*

"때로, 의도되지 않은 흔적들이 당신의 가장 분명한 기록이다."
나는 주머니에서 연필을 꺼내 그 문장에 밑줄을 그었다. 한 줄을 그어놓고 보니 왠지 허전해서 그 밑에 또 한 줄을 그었다. 시간을 확인했다. 영화 시작 한 시간 전이었다. 들고 있던 책을 제자리에 꽂고 천천히 서점을 빠

---

* 마르그리트 뒤라스, 「11월 22일, 오후, 생브누와 거리」 중에서(『이게 다예요』, 고종석 옮김, 문학동네, 2009).

져나왔다. 커피를 사려고 줄을 선 동안 누군가에게 발을 한 번 밟혔고 교차로에서 직선거리를 계산하기 위해 잠시 머뭇거리기도 했으나 극장으로 가는 동안 나에게 일어난 일은 그게 다였다.

영화는 지루했다. 몇 개의 리뷰 기사는 거짓이었다. 두고 보지 않아도 뻔한 얘기였다. 나는 결국 결말을 포기하고 극장을 나섰다. 버스 정류장에서 올려다본 도심의 하늘은 빛났다. 벌써 가을인가 봐. 곁에 서 있던 여자가 팔짱을 낀 남자에게 그렇게 말하는 소리가 들렸다. 옛 성 위로 날아오른 새들 중 한 마리가 무리의 반대편 쪽으로 날아가는 걸 보았다.

*

나는 지금 문에 그려진 문양을 지우는 중이다. 하트와 milk. 낯선 조합의 조잡한 배열이다. 좌우가 비대칭인 붉은 하트는 두 곡선이 만나는 지점이 교묘하게 어긋난 데다가 검은색으로 쓴 milk의 m도 나머지 알파벳에 비해 지나치게 크다. 나는 붉은 하트 위에 흰 수성 페인트를 칠하며 우리가 이 집에 살았던 기간을 헤아린다. 삼 년. 정확히는 35개월에서 열흘이 빠지는 기간이었다. 그 삼 년 남짓 동안 너나 내가 의도적으로 집 꾸미기에 열중한 적이 있었던가. 기억을 더듬는 동안 하트가 완전히 지워지고 m의 반이 지워진다. 나는 잠시 뒤로 물러서 칠의 상태를 살핀다. 문에는 nilk가 남았다. nilk. 세상에 없는 단어다. 아니, 사라지는 중인 단어다. 이와 같은 도안을 문에 그려 넣을 생각을 한 게 나일 리 없다. 내가 아는 너 또한 이런 것에 관심을 갖는 사람은 아니었다. 내가 기억하는 한 이 문에는 사진 포스터가 붙어 있었다. '러시아 소년들'이라는 제목의 사진이었다. 마른 나뭇가지에 마리오네트풍의 인형들이 주렁주렁 걸린 그 사진은 퍽 의도적인 연출로 보였는데 그날 관람했던 작품 중 네가 가장 마음에 들어 했던 작품이었다. 군중 속의 고독을 그런 식으로 형상화할 수 있다는 게 놀랍다는 게 네 감상평이었나. 갤러리가 있던 서촌에서 삼청동으로 걸어오는 내내 보들레르를 들먹이며 너는 그런 말을 했던 것 같다. 나중에 알게 된 사실이었지만, 그날 네가 늘어놓았던 미학적인 문장들은 그 전시를 기획했던 큐레이터가 리플릿에 쓴 소개의 글이었다. 글쎄, 좀 어른스럽게 보이고 싶어서 그랬나. 훗날 네가 부끄러운 듯 그렇게 말했을 때 나는 웃지 않을 수 없었다.

  나는 그날 무슨 생각으로 그 전시장까지 따라간 것일까. 가끔 그것에 대해 생각해보기도 한다. 우리는 비슷한 시간에 집을 나와 각각 서로 다른 교통수단을 이용해 특정 공간으로 향하던 이 도시의 무수한 인연 중 하나에 불과한 사람들이었다. 그건 내게 일어난 일 중 가장 특별한 일이었어. 너는 도심의 지하도에서 마주친 나와 다시 서촌의 한 갤러리에서 만났다는 사실에 대해 그렇게 말했다. 누군가가 누군가를 알아본다는 건 기적에 가까운 일이라는 게 네 표현이었지만 나는 그 일이 기적처럼 보이는 우연에 지나지 않는다는 걸 안다. 아니, 그건 기적이나 우연이 아니었다. 그날 내가 너를 처음 본 곳은 도심의 대형 서점 B와 K 구역 사이였다. 네가 내 눈길을 끈 건 순전히 네 매무새 때문이었다. 겨울이었지만 비교적 일 년 내내 쾌적한 온도와 습도를 유지하는 그곳에서 네가 목과 얼굴에 칭칭 두른 청록색 목도리는 유독 눈에 띄는 것이었다. 지나가던 사람들이 몇 번이나 흘끔거리던 걸 눈치채지 못할 만큼 너는 들고 있던 책에 깊이 빠져 있었다. 그런 사람이 많은 곳이었다. 그래서 눈에 띄기도, 띄지 않기도 했던 너를 계속

주시하던 이유가 단지 청록색 목도리 때문이었는지에 대해서 나는 단언할 수 없다. 분명한 건 K 구역 구석에 서 있던 네가 들고 있던 책을 코트 자락 사이에 숨기지 않았더라면 이 모든 일은 일어나지 않았을 거라는 사실이다. 잠깐 동안 나는 내가 목격한 것이 실제로 일어난 일인지 의심했다. 아주 짧은 순간에 일어난 일이었다. 그만큼 네 행동은 한두 번 해본 솜씨가 아니라는 생각이 들 정도로 절도 있고 재빨랐다. 나는 들고 있던 책을 내려놓았다. 책보다 더 흥미로운 너 때문이었다. 주변을 둘러보던 네가 이윽고 어딘가로 걷기 시작했을 때, 내가 너를 따라갔던 건 도덕적 강박 때문은 아니었다. 내가 목격한 사실을 누군가에게 털어놓을 생각은 추호도 없었다는 말이다. 단언컨대 그날 그 서점에서 네 편이었던 사람은 내가 유일할 거다. 사람들이 가장 많이 몰리는 A 구역 쪽으로 바삐 걸어간 네가 별다른 제재 없이 세종로 지하도 쪽으로 난 회전문을 밀고 나갔을 때 안도의 한숨까지 쉬었으니 그건 정말 진심이다. 네가 나간 문 앞에서 나는 잠시 망설였다. 서점에 들렀다가 근처 극장에서 개봉 중인 영화나 볼까 하고 나온 길이었다. 시간을 확인했다. 영화 시작에 맞추려면 서둘러야 했고 너는 이미 보이지 않았다. 나는 천천히 회전문을 밀고 밖으로 나갔다. 잠깐 흥미로운 일이 내 앞에서 일어난 것뿐이라고 생각했다. 그러므로 그 광고 배너 앞에 서 있는 너를 못 본 척 지나쳤어야 했다. 그때 너를 따라가지 않고 일기를 쓰듯 영화를 찍어대는 감독의 신작을 보는 것으로 하루의 일과를 마쳤다면 나는 적어도 지금 하트와 milk 따위의 문양을 지우는 것보다는 나은 일을 하고 있을까. 나는 수없이 나에게 묻는다. 하지만 아무것도 없었던 것처럼 말끔해진 문을 바라보니 지금 내가 하고 있는 일이 전혀 무의미한 일은 아니라는 생각도 든다. 아무래도 좋은 것들은 어디에나 있다. 이를테면 우와, 같은 것. 멈춰 선 네가 책을 옆구리에 낀 채 그 배너 앞에서 우와,라고 중얼거리지 않았다면 나는 그냥 너를 지나쳤을 것이다. 우와,라고 소리 내어 중얼거려 본다. 기분이 좋아진다. 우리가 같은 곳을 바라보던 시절을 떠올리게 되는 바로 그 소리다.

네가 멈춰 선 곳은 북유럽에서 온 작가의 사진 전시를 알리는 배너 앞이었다. 배너 아랫부분에는 얼음 고원으로의 초대라는 홍보 문구가 적혀 있었다. 나는 네 옆으로 다가섰다. 네가 내 쪽으로 몸을 돌리는 것을 느낄 수 있었다. 나도 너를 쳐다보았다. 전형적인 북방 계통의 흰 얼굴. 어디서나 흔히 볼 수 있는 얼굴이면서 많은 이야기를 숨긴 표정이었다. 나는 네 옆구리에 낀 책을 슬쩍 훑었다. 언덕 위 수도원. 르 코르뷔지에의 건축물들을 감각적인 사진과 글로 다룬 그 책은 나도 읽은 책이었다. 눈이 마주친 네게 롱샹 성당에 가본 적이 있느냐고 물었다. 너는 고개를 가로저으며 언젠가는,이라고 말했다. 그리고 다시 힘주어 언젠가는 갈 거예요,라고 되풀이 말하던 너를 기억한다. 대화는 더 이상 이어지지 않았다. 우리는 각자 다른 쪽으로 걸어갔다. 그게 네가 기억하는 나와의 처음이다. 내내 네 뒤를 따르던 나를 눈치채지 못한 것은 다행스러운 일이었다. 우리가 B와 K 구역 사이에서 처음 만난 사이라는 걸 네가 알았더라면 갤러리에서 우와,라고 말하며 나를 향해 손을 내밀지도 않았겠지.

역시 하트와 milk는 낯설고 이상한 배열이다. 이 집에서 우리와 다른 방식으로 살았을 사람들을 떠올린다. 리모델링을 한 지 얼마 되지 않은, 새집이나 다름없는 집이라고 중개인은 말했지만 내가 열람한 등기부등본 대로라면 이 집은 지어진 지 십 년 된 집이었다. 리모

델링을 했다고는 하나 우리 이전에 그 집에 살았던 가구는 적어도 세 가구 이상일 거라는 게 내 짐작이다. 물론 수도꼭지 하나까지 입주 전의 상태로 돌려놓아 줄 것을 요구한, 까다롭고 노회한 인상의 집주인에게 하트와 milk 얘기를 해봤자 펄쩍 뛸 게 뻔하다. 나는 이 억지스러운 요구를 순순히 받아들일 생각이다. 뭔가 충분히, 그럴 만한 가치가 있을 거라는 예감이 든다. 그 뭔가가 뭔지 아직은 알 수 없다. 고작 하나의 이야기를 지우기 시작했을 뿐이다.

페인트가 마르길 기다리며 문 앞에서 안을 둘러본다. 날아온 나뭇잎 몇 개가 방충망에 붙어 있는 게 보인다. 너는 창과 면한 동산에서 내려오는 바람을 좋아했더랬다. 처음 이 집을 보러 오던 날, 너의 콧등과 인중에는 땀방울이 송골송골 솟았고 중개인은 살다 보면 큰길과의 거리가 그리 멀게 느껴지지 않을 거라는 말을 서너 번쯤 했으며 나는 이곳이 내가 살던 곳보다 얼마나 더 조용한 곳인지를 가늠하느라 별말이 없었다. 우와. 비어 있던 이 집의 현관문을 열었을 때 네 입에서 다시 감탄사가 흘러나왔다. 그 소리에 내가 떠올린 것은 유리체라는 다소 이질적인 단어였다. 그 유리체가 수정체와 망막 사이의 공간을 채우는 무색투명한 젤 형태의 구조물을 의미한다는 걸 내가 왜 알고 있는지는 몰랐지만 이미 안으로 들어간 너와 아직 밖에 서 있는 나 사이의 단단하고 고정된 세계가 무색투명한 젤 형태로 바뀌는 것 같은 착각이 들었던 것만은 분명하다. 있는 것은 아니지만 그렇다고 없는 것도 아닌 세계. 그 세계는 마음만 먹으면 언제나 확인 가능한 실감의 세계였으며 날마다 새로 구축되는 세계였고 그와 동시에 한 번도 경험한 적이 없는 세계이기도 했다. 여기서라면 뭐든 가능할 거 같아요. 짐을 풀고 책상을 정리하던 너도 그렇게 말했다. 하루의 반은 어둡고 하루의 반은 또 말할 수 없이 눈부신 정동향正東向의 창으로 인해 이 방이 늦게 자고 늦게 일어나는 네 생활 습관과 어울리지 않는 방이라는 걸 곧 알게 됐지만 떠나는 날까지 이 방은 네 방이었다.

  나는 네가 없는 네 방으로 들어선다. 창틀 밑으로 직사각형의 희미한 그림자가 보인다. 책상이 놓였던 자리다. 온갖 종류의 잡일들이 끊긴 적 없는 너의 책상을 기억한다. 당신도 쓰는 소설이라는 제목의 인터넷 강의를 녹취하느라 내내 이어폰을 끼고 책상 앞에 앉아 있던 지난가을에도, 한국의 강이라는 급조된 특집을 위해 환경 분야의 온갖 논문을 조사하던 작년 여름에도, 아르바이트를 미뤄두고 신춘문예 투고를 준비하던 초겨울에도 너는 이곳에서 대부분의 시간을 보냈다. 나는 문틈으로 보이던 네 뒷모습과 책과 볼펜이나 종이와 컵이 정신없이 널린 네 책상을 좋아했다. 너는 번번이 터무니없는 이유로 임금을 못 받는 상황이 생겼지만 나는 개의치 않았다. 처음부터 네게 경제적인 부담을 지울 생각은 없었다. 나는 순수하게 네가 책상 위에 쌓아 올린 그 모든 시간을 존중했다. 물론 네 방의 책장에 꽂힌 책들을 눈으로 훑으며 이 중 훔친 책은 몇 권이나 될까 생각한 적도 있다. 그때마다 내가 주목한 것은 너의 도벽이 아니라 지적 호기심이었다. 너는 네 또래보다 훨씬 더 부지런하고 성실한 데다가 알고 싶은 것도 많은 사람이었다. 단지 많은 젊음이 그렇듯 운이 따르지 않을 뿐이었다. 그러니 볼펜을 물고 책을 읽거나 밤새 고쳐 쓴 시를 읽는 너의 목소리를 내가 진심으로 좋아했다는 걸 기억하길 바란다. 소리 내어 시를 읽는 네 목소리가 들릴 때마다 이 공간이 고요한 균형과 조화로운 기운으로 충만해지는 걸 느끼는 일은 정말 기분 좋은 일이었다. 그 기억들이 지금 나를 위로하는 유일한 것이라면 너는 믿을까.

벽과 바닥에는 이제 나만 아는 그림자가 남았다. 나는 묵묵히 먼지들을 쓸기 시작한다. 한때는 안팎을 마음대로 드나들며 반짝였을 먼지들이 잿빛 연기처럼 바닥을 굴러다닌다. 그 먼지 덩어리 속에는 네게서 떨어진 살비듬이나 머리카락 따위들도 섞여 있을 거라는 걸 안다. 나는 컵에 담긴 물처럼 담담하게 그런 생각을 한다. 뭔가가 바닥을 긁는 소리가 난다. 빗자루를 살핀다. 어디서나 볼 수 있는 그런 흔하디흔한 단추 하나가 솔 사이에 걸려 있다. 네 셔츠에서 떨어졌음 직한 크기의 단추다. 네가 체크 셔츠에 열광하던 청년이었다는 걸 떠올린다. 네 셔츠는 무수히 교차되며 어두워지는 선들 일색이었다. 네가 솔 르윗을 좋아했던 것도 그것과 무관하지 않을 것이다. 그의 도록은 내 것이었지만 어느새 네 책장으로 옮겨 간 많은 책들 중 하나였다. 그의 선들을 오래 보고 있으면 세상이 말할 수 없이 간결하고 명료해지는 순간이 있어. 생각해봐. 선 몇 개로 세상을 정의할 수 있는 사람이 몇이나 되겠어. 너는 솔 르윗이 구현한 선의 착시에 대해 과도한 해석을 하기 일쑤였지만 그것은 그것대로 좋았다. 도록과 시집이 어지럽게 널린 침대 위에서 그렇게 말하는 너는 정말이지 이제 갓 태어난 돌멩이처럼 예민하게 반짝거렸으니까. 그럴 때마다 네 머리를 쓰다듬으며 너를 안았던 건 단순히 욕망에서 비롯된 것만은 아니었다. 네게 말한 적은 없지만 언젠가부터 나는 실감의 세계와 먼 곳에 존재하는 문장이 되어 가는 느낌에 사로잡혀 있었다. 마치 아무 감정 없이 죽은 짐승의 살과 뼈를 몇 분 만에 해체해버리고 돌아서는 식육처리사가 된 기분이었다. 음과 뜻이 분리된 이해는 과연 이해일까, 아닐까. 언젠가 네가 던진 농담에 내가 유난히 예민하게 굴었던 건 이해가 이해理解이면서 이해利害이기도 했고 내 필명이 이해李澄였기 때문이다. 그처럼 너는 무심하게 정곡을 찌를 줄 아는 사람이었다. 내가 너를 좋아했던 건 무심하게 나를 달랠 줄도 아는 사람이었기 때문일 거다. 이를테면 네가 내지르는 우와, 같은 말. 그래, 그런 것이었다. 너는 내가 그 소리를 좋아한다는 걸 분명히 알고 있었다. 물론 네가 의도적이었다고 생각하는 건 아니다. 너는 신기한 게 많은 사람이었을 뿐이다. 아이처럼 묻고 따지고, 이내 수긍하고 돌아서서 또 호기심으로 눈을 반짝이는 너를 보면서 나는 네가 습관처럼 내뱉는 감탄사의 내력에 대해 이해하게 되었다. 가끔 내가 처음 본 네가 나와 함께 지내는 동안 본 너와 다르다는 생각을 했지만 그뿐이었다. 우리는 모두 하나의 얼굴로 살아갈 수 없는 사람들이었다.

단추를 주머니에 넣고 돌아선다. 세제를 적신 스펀지로 닦아낸 벽의 그림자들은 하루 정도 통풍을 시키면 더 희미해질 것이다. 효소를 희석시킨 세제로 얼룩을 닦으면 감쪽같아진다는 방법을 알려준 게 희곡을 쓰는 K였는지 동화를 쓰는 J였는지 떠올리며 부엌으로 향한다. 부엌도 특별하게 손댈 곳이 없다. 우리가 끼니에 별 관심이 없던 사람들이었다는 사실이 다행스러운 순간이다. 나는 거의 사용한 흔적이 없는 개수대에 남은 세제를 마저 부어 놓고 거실 창가에 선다. 목줄을 매지 않은 개가 골목을 지나가고 건너편 건물 옥상에는 고양이가 웅크린 게 보인다. 어느 쪽이 욥일까. 욥, 개에게 욥이라는 이름을 붙여 줬어. 어느 날 내가 외출에서 돌아왔을 때 너는 눈을 빛내며 대단한 일인 양 그 이름에 대해 말했다. 정말 믿을 수 없을 만큼 뚱뚱하고 순하게 생긴 녀석이야. 나는 의자에 앉아 양말을 벗으며 무심히 네가 하는 말을 흘려들었다. 아마 남미로 연수를 떠나는 B와의 술자리에서 돌아온 날이었던 것 같다. 남미 지역의 연수 프로그램에 참가를 신청한 사람은 총 다섯 명이었고 그중에는 나도 있었다. B는 붙고 나는 떨어졌지만 그 자리에서 그런 말은 꺼내지 않았다. 지나치게 유쾌한 술자리였어. 돌아오는 택시 안에서 나는 그런 말을 중얼거렸던 것 같다. 피곤하다고 느꼈던 이유는 아마 그것이었을 거다. 나답지 않은 날이었다. 그래서 믿을 수 없을 만큼 뚱뚱하고 순하게 생긴 게 어떤 생김새를 의미하는 건지 되묻지 못했다. 덕분에 지나간 개와 웅크린 고양이 중 어느 쪽이 욥인지 나는 알 수 없다. 영원히 알 수 없는 어제가 오늘을 지나간다. 나는 욥이 개인지 고양이인지 비둘기인지도 알지 못한 채 겨우 욥이라는 이름을 떠올리는 처지가 됐다. 비행기가 날아간다. 동에서 서로, 아니 왼쪽 창에서 오른쪽 창으로. 하늘에 어지럽게 널린 비행운을 바라보며 이곳의 온도와 그곳의 온도를 상상한다. 나는 다시 제자리로 돌아가고 있다. 있던 곳에서 있던 곳으로. 그곳이 어디인지는 모른다. 너도 그럴 것이라고 짐작한다. 같이 살던 사람들이 헤어지고 할 수 있는 것들이란 그저 그런 짐작과 돌아가야 한다는 다짐뿐이다.

텔레비전이 놓여 있던 자리를 바라본다. 우리에게 알

람시계보다 강력하게 잠을 깨울 뭔가가 필요해진 건 네가 출판사 인턴으로 출근이란 걸 하기 시작하면서부터였다. 네가 밤을 새우고 출근을 한다는 걸 알게 된 건 네가 출근한 지 열흘쯤 지난 후였다. 아침에 자는 건 쉬운데 아침에 일어나는 건 정말 너무 어려워. 너는 그렇게 말했다. 분명히 일찍 자고 일찍 일어나는 일은 세상에서 가장 쉬운 일 중 하나였지만 그게 그토록 어려운 사람들도 있다. 내 탓이 컸다. 함께 생활한 이후로 나나 네가 해가 뜨기 이전에 잠든 적은 거의 없었다. 나는 맥주를 마시다 잠든 너를 다시 깨우거나 손을 끌고 밤 산책을 다니던 일을 떠올린다. 자주는 아니었지만 심야영화를 보러 간 적도 있었고 신간에 대한 인상비평을 주고받으며 밤을 지새우기도 했다. 그때마다 나는 네게 몇 권의 책을 건네며 읽어보기를 권했고 너는 그 충고를 성실하게 받아들였다. 나는 정말 네게 많은 걸 알려주고 싶었다. 네가 말했던 대로 언젠가는 푸른 들판에 노아의 방주처럼 서 있는 롱샹 성당에 갈 수 있길 바랐고 MoMA에 가서 솔 르윗과 실컷 교감할 수 있는 날도 오길 바랐다. 우와, 당신은 정말 든든하고 좋은 사람이야. 그때마다 너는 나를 덥석 껴안으며 그렇게 말했다. 180센티미

터의 청년인 네 품에 마르고 작은 내가 안기는 건 좀 우스운 꼴이었지만 아무래도 좋은 순간들은 늘 있기 마련이었다. 그러나 그 일상의 흐름을 바꿔야 할 때였다. 알람시계 대신 텔레비전을 살 생각을 한 건 일과 관련해 만난 P 때문이었다. 소화 장애로 고생하던 P는 어느 날 자신의 텔레비전에 자동 켜짐 기능이 있는 걸 알았다고 했다. 처음에는 그냥 한번 해봤지. 그런데 해보니까 효과가 좋더라고. 알람이야 책상머리에서 꺼버리면 끝이지만 텔레비전은 좀 다르잖아. 텔레비전이 켜지면 아, 밥 먹을 시간이구나. 나도 모르게 그렇게 되더라니까. 내가 P와 같은 기종의 텔레비전을 산 이유를 네게 털어놓았을 때 너는 우와,라는 말을 다섯 번쯤 했다. 그 텔레비전이 석 달 동안 네 잠을 깨운 용도로 쓰일 수 있어서 나는 정말 기뻤다. 아무래도 경력을 쌓는 것보다 더 중요한 이력을 만들고 싶어. 인턴을 그만두고 돌아온 네가 그렇게 말했을 때도 나는 기꺼이 그 말에 동의하며 네 어깨를 어루만졌다. 내가 언제나 네 편인 걸 잊지 마. 해줄 수 있는 격려가 고작 그것뿐이라 안타까웠다.

거실을 둘러보던 나는 바닥과 가까운 곳에 붙은 스티커 몇 개를 발견한다. 지난 삼 년 내내 소파가 놓여 있던 자리다. 무릎을 꿇은 채 그것들을 바라보며 나는 무심코 말한다. 아이가 살았네. 일렬로 벽에 붙여 놓은 그것들은 나도 본 적이 있는 만화 캐릭터다. 작은 아이가 주저앉아 벽에 스티커를 붙이는 모습을 상상한다. 아이의 포동포동한 엉덩이와 팔과 다리를 보거나 만지는 건 어떤 느낌일까. 나란한 스티커들을 쓰다듬으며 그런 생각도 한다. 그러나 그건 내가 절대 알 수 없는 실감의 세계일 것이다. 그런 장면에 대해 묘사해야 하는 순간이 와도 그려보고 짐작해서 쓰는 것 외엔 도리가 없다. 너무 많은 이미지와 활자 사이를 지나왔다는 생각이 든다. 그게 실제와 가짜를 혼동하게 만드는 이유일 것이다. 그게 언제부터인지는 모른다. 다만 어둠과 새벽이 맞물리듯, 습관과 버릇의 경계가 모호해지듯, 너는 이제 알 수 없는 사람이 됐다. 스티커 위에 물을 뿌리며 생각한다. 아무것도 없었던 것처럼 돌려놓는 일이 과연 가능한 일인지에 대해. 어디선가 까치가 운다. 오토바이가 지나가는 소리도 들린다. 무릎을 짚고 일어선다. 무릎이라고 중얼거려본다.

나는 몇 시간 째 쓴 걸 지우고 다시 쓰기를 반복했었

다. '하루의 마디를 건넌 우리는 무릎을 가진 사람들이 되었다'는 문장 때문에 좀처럼 글의 진도가 나가지 않던 날이었다. 몇 번을 고쳐도 좀처럼 마음에 들지 않던 그 문장은 고치면 고칠수록 점점 더 낯설고 어색해졌다. 어느 날 네가 내게 주었던 카드 속 글귀가 떠오른 건 쓰기를 포기하고 막 자리에서 일어서던 참이었다. 우리에게도 무릎이 생겼어. 우리가 함께 잠들었다 깨어난 첫날에 네가 한 말은 그거였다. 그때부터 무릎은 우리의 은어隱語였다. 나는 무릎을 쓸며 네 무릎을 떠올렸다. 아닌 게 아니라 그 단단하고 둥근 뼈를 어루만질 때마다 하나의 언덕을 넘는 기분이었다. 언덕 너머에는 뭐가 있을까. 어둠 속에서 내가 물었다. 가보지 않은 길이 있겠지. 너는 하품을 하며 웅얼거렸다. 가보지 않은 길은 어떤 모습일까. …끝없이 갈라지는 길들이겠지. 막다른 길이 아니었으면 좋겠어. …왜? 돌아오기 싫어서 …돌아오기 싫으니까. 나는 어둠을 더듬으며 가보지 않은 길을 떠올렸고 너는 어느새 잠이 들었다. 그게 우리의 첫날이었다. 찾아낸 카드를 다시 펼쳤다. '밤의 마디를 지난 우리는 무릎을 가진 사람이 되었다'고 적혀 있었다. 나는 그 문장 밑의 그어진 밑줄을 오래 바라보았다. 네가 쓴 문장이었고 내가 그은 밑줄이었다. 내가 쓴 문장과 우리가 쓴 문장을 비교했다. '하루의 마디를 건넌 우리는 무릎을 가진 사람이 되었다'는 문장을 빼고 원고를 다시 읽기도 했다. 어쩐지 단단하게 상부를 지탱하던 벽돌 하나가 빠진 느낌이었다. 도저히 뺄 수가 없었다. 두 개의 무릎은 분명히 같으면서 전혀 다른 맥락을 가지고 있다고 애써 생각했다. 또한 무수히 많은 조합 중 우연히 비슷한 배열과 의미를 갖게 되는 문장은 어디에나 있었다. 어쩌면 너조차 잊어버렸을 그 문장 때문에 내 원고를 망치고 싶지는 않았다. 우리는 그런 일을 문제 삼지 않을 사이였다. 그래서 한 계절 뒤, 네가 갑자기 기름에 떨어진 물방울처럼 싸늘해졌을 때 나는 당황하며 네가 내민 잡지를 말없이 펼쳤다. 그리고 밑줄이 그어진 하나의 문장을 보았다. 나는 왜 그때까지 네가 나와 같은 습관을 지녔다는 사실을 몰랐을까. 내가 오래 고민했던 문장 밑에 그어진 볼펜 자국을 보며 나는 그런 생각을 했었다. 최소한 미리 말은 했어야지. 너는 그렇게 따졌고 나는 의미의 확장과 변형에 대해 길게 늘어놓았던 거 같다. 네가 좀 더 유연해지길 바라는 마음이었다. 넌 우와, 하고 짧게 소리쳤다. 전과 같으면서 전혀 다른 어조였다. 그렇게 물을 생각은 아니었지만 내 입에서 내 의도와 상관없는 말이 튀어나온 건 그 때문이었다. 설마 내가 네 걸 훔쳤다고 생각하는 거야? 너는 믿을 수 없다는 듯한 표정으로 나를 바라봤다. 믿을 수 없기는 나도 마찬가지였다. 설명하고 싶은 마음과 설명하고 싶지 않은 마음이 맹렬히 뒤엉켰고 이해받고 싶은 마음과 이해하고 싶은 마음이 나를 옥죄었다. 나는 네가 소리 나게 방문을 닫고 들어가는 걸 바라보기만 했다. 어떤 말로도 그때의 나를 표현할 수 없을 거다. 너무 많은 말과 문자 사이를 지나왔다. 닫힌 문을 보며 우리 사이에 필요한 말이나 문자가 아니라 그 너머의 감각 같은 것이라고 생각했다. 이를테면 무릎이나 노래 같은 것. 그래, 그런 것이었다. 며칠 후 네 목소리가 들리던 새벽에 내가 안도의 한숨을 내쉬었던 건 그래서였다.

텅 빈 마음으로 텅 빈 방을 보네. 텅 빈 방 안에는 텅 빈 니가 있네. 텅 빈 니 눈 속에는 텅 빈 내가 있네. 아무도 모르게 너와 내가 있네. 지금.*

* 백현진, 「사랑」 중에서

너는 분쇄기에 넣은 커피콩을 갈며 같은 구절을 반복해서 불렀다. 커피가 담긴 종이 필터 위에 뜨거운 물을 흘려보내는 동안에도 노래는 띄엄띄엄 이어졌다. 방 안으로 커피 향기가 천천히 흘러들어 왔다. 창밖으로 부옇게 빛이 번지는 시간이었다. 우리가 가는 길이 막다른 길이 아니길 바랐다. 정말 되돌아오고 싶지 않았다.

 부엌 수납장에서 찾은 몇 개의 나무젓가락과 배달 음식점 전화번호가 적힌 광고지 따위를 종량제 쓰레기봉투에 담으며 이 집에서 보낸 여러 계절을 떠올린다. 뜨거운 겨울을 지나 추운 봄을 견디며 우리가 기다린 건 뭐였을까. 너와 함께 했던 시간은 세계의 질서나 순환의 원리와는 전혀 상관없는 시간이었다. 한때 내가 쓴 글도 논리나 당위와는 상관없는, 그야말로 뒤죽박죽 정의된 것들이었다. 정말 놀라운 날들이었어. 우리는 우리의 처음 일 년을 얘기하며 그렇게 입을 모았다. 그 과정에서 기억의 오류로 인한 오해들을 찾아내기도 했는데 어떤 건 몹시 완고해서 좀처럼 입장이 바뀌거나 재구성되지 않는 것들도 있었다. 중요한 건 사실이라고 나는 말했고 너는 도대체 사실이 어디에 있느냐고 되물었다. 사실이 중요한 세상은 아무도 헤어지지 않고 꿈꾸지 않는 세상이라는 소리야. 네가 그렇게 말하며 손에 쥔 맥주 깡통을 우그러뜨리던 걸 왜 내가 기억하고 있는지는 알 수 없다. 다만 그런 말을 하는 너는 몹시 우울해 보였다. 네가 투고한 잡지사에서 이미 다른 사람을 신인으로 뽑았다는 걸 알았지만 내색할 수는 없었다. 아무도 헤어지지 않고 꿈꾸지 않아도 되는 세상이 결국 좋은 세상 아닌가. 작게 중얼거렸을 뿐이다. 물론 그게 또 하나의 지옥일 수도 있다는 건 나도 잘 알았다. 다만 그렇게 예민하게 굴 일은 아니었다는 말을 하고 싶었다. 당신 일이 아니니까 그렇게 말하는 거겠지. 너는 언젠가부터 종종 그런 말을 했고 어느 날 나도 네가 더 이상 감탄사를 연발하지 않는다는 사실을 깨달았다. 네 나이를 떠올려 보니 그럴 만도 했다. 우와, 벌써 그렇게 됐네. 나는 어두운 밤에 혼자 맥주를 마시며 두어 번이나 그렇게 중얼거렸다. 그즈음 너는 자고 일어나면 뭔가가 없어진다며 거실과 방을, 방과 화장실을 바쁘게 오갔다. 걸핏하면 짜증을 내며 서랍을 뒤지고 옷장을 뒤지고 주머니를 뒤지다가 약속 시각에 늦은 적도 한두 번이 아니었다. 일이 잘 풀리지 않기 때문이라는 걸 감안하더라도 그때 네가 왜 그랬는지 나는 여전히 이해할 수가 없다. 살면서 쥐었다가 놓아버리면 거기가 제 자리인 사물들이 몇 개쯤은 있기 마련이고 그런 것들은 있거나 없거나를 반복하며 끈질기게 손이 닿는 어딘가에 있는 법인데 너는 그걸 견디지 못하는 것처럼 보였다.

발밑의 의자가 삐걱거리는 소리를 들으며 벽에 박힌 못을 빼고 석고로 구멍을 메운다. 우리는 어쩌다 이렇게 된 걸까. 화장실 전구를 형광등에서 백열등으로 바꿔 끼우는 동안 거울 속의 나에게 묻기도 한다. 혼잣말이 늘어간다는 사실이 그리 좋은 전조가 아니라는 걸 알지만 이 일을 하는 게 왜 네가 아니고 나인 거냐고 내뱉지 않을 수 없다. 거울 속에서 낯설고 어색한 표정의 내가 나를 바라본다. 안경을 새로 맞춰야겠다. 너 때문이다. 지독한 난시인 나와 달리 시력이 좋았던 네가 안경을 쓰기 시작한 건 봄이 끝나갈 무렵부터였다. 너는 그때 알 수 없는 일로 바쁜 나날을 보내고 있었다. 좀 더 분명한 사람이 되고 싶어. 이틀 만에 안경을 쓰고 돌아온 이유를 묻는 나에게 너는 그렇게 말했다.

형광등을 갈고도 나는 거울 앞을 떠나지 못한다. 나는 어딘가 너를 닮았다. 그때 네가 쓰고 돌아온 안경 탓인 것 같기도 하다. 내 것이라 착각할 만큼 네 안경은 내

것과 비슷했으니까. 같이 사는 사람들의 취향이 서로 닮아가는 건 특별한 일이 아니라고 생각했다. 물론 도수도 없는 안경을 왜 쓰기 시작했는지 나는 끝내 알지 못했다. 그러나 그즈음부터 나는 어쩐지 우울한 기분에 술을 줄이고 글 쓰는 시간을 늘려야 한다는 상투적인 다짐을 하며 내내 책들을 뒤적거렸다. 그러다가 많은 책이 내 방에서 네 방으로 옮겨 갔다는 사실을 알게 됐다. 너를 나무랄 일은 아니었다. 우리에게 그 정도의 일은 특별한 일이 아니라고, 나는 나에게 끝없이 되뇌었다. 내가 집에 머무는 날은 네가 바빴고 네가 한가한 날은 내가 바빠 서로 대화를 할 시간이 없는 것뿐이었다. 우리는 각자의 공간과 시간이 필요하다는 걸 누구보다 잘 이해하는 사람들이었으니까.

마감해야 할 원고와 강연으로 정신이 없던 날, 하필이면 네가 나에게 작업실을 구했다는 말을 하던 날은 그런 날이었다. 나는 그 와중에도 우리가 그런 말을 나눈 적이 있다는 사실을 떠올렸다. 저도 작업실을 구하고 있어요. 우리가 두 번째 만났던 날, 작업실 겸 살 집을 찾는다는 내 말에 반색하며 너는 그렇게 말했다. 책상 놓을 자리와 발 뻗을 공간만 있으면 된다는 말도 했었다.

우리가 같이 살게 된 계기가 작업실이라는 단어 때문이었다는 걸 뒤늦게 떠올린 나는 가방을 챙기며 네게 지금 그게 왜 또 필요하냐고 물었다. 바보 같은 질문이었다. 너는 혼자만의 공간이 절실하다고 했었나. 아니, 독립된 사고를 할 공간이 필요하다는 다소 거창한 문구를 섞었던 것 같다. 나는 웃었다. 웃는 것 외엔 달리 할 말이 없었다. 웃으며 시간을 확인했다. 내가 가야 할 곳은 도시의 북쪽 끄트머리에 있는 한 고등학교였다. 자신을 있게 한 시간들,이라는 주제에 대해서는 가면서 준비할 작정이었다. 존재가 존재가 되기 위해서는 타인이라는 대상이 필요하다는, 대략적인 범위만 정해놓은 상태였다. 나는 다시 얘기하자고 말했고 너는 달리 별말을 덧붙이지 않았다. 현관 앞에서 잘 끝내고 와,라고 말한 게 전부였다. 나는 버스 정류장까지 뛰었다. 숨이 혀끝까지 차올랐지만 멈출 수가 없었다. 왜 이렇게 됐을까. 나는 뛰면서 그런 생각만 했다. 강연을 끝내고 거절할 수 없는 술자리에 들렀다가 돌아왔을 때는 새벽녘이었다. 사실 그렇게 취할 생각은 아니었지만 어쩌다 보니 새벽녘까지 술을 마셨고 돌아왔을 때는 이미 너도, 네 책상도, 책도 없었다. 현관문을 열자마자 기절하듯 잠이 든 내가 그 사실을 알게 된 건 다음 날 정오 무렵이었다. 한때의 시간이 사라졌구나. 그런 말을 하고 싶었지만 빈 방 앞에서 내가 중얼거린 말은 그게 아니었다. 사실대로 얘기하자면, 나는 벌건 눈으로 빈 방을 바라보며 내가 아는 모든 욕을 퍼부었다. 네가 있었더라면 오랜만에 우와, 하고 눈빛을 빛내며 녹취를 했을지도 모를 천박한 언어들이었다. 나는 더 이상 떠오르지 않을 때까지 욕을 했고, 토했고, 헛구역질을 하며 변기 앞에 오래 앉아 있었다. 머리가 뜨거워서 잠을 잘 수 없는 나날들이 며칠간 계속됐다. 꿈과 현실의 경계 어디쯤에서 과정과 상관없는 이야기도 가능하다는 생각을 했고 성별이나 내력 따위가 등장하지 않는 이야기도 몇 개 떠올렸다. 너는 몰랐겠지만 나는 정말 아무것도 하지 않았고 아무것도 하지 않기 위해 끝없이 많은 생각을 했다. 네가 아무렇지 않게 전화를 걸어올 때까지 그런 시간이 계속됐다. 그 통화에서 네가 많은 변명을 하길 바라지는 않았다. 다만 놀러 갈게요,라는 말을 듣고 싶었던 건 아닌 게 분명하다. 그러나 너는 거듭 놀러 오겠다고 말했다. 할 말이 떠오르지 않았다. 우와,라며 내 세계로 놀러 온 오래전의 너를 떠올렸다. 전화기 너머 저쪽에서 누군가가 버디,

버디라고 부르는 소리가 들렸다. 전화는 갑자기 끊겼고 나는 오래 앉아 있었다. 버디는 우리가 좋아하는 영화였고, 버디는 내가 너를 부르는 이름이었고, 버디는 우리만 아는 은어 같은 것이었다. 창밖에서 엄마가 아이를 부르고 아이가 아이를 부르는 소리가 들렸다. 흘러들어온 햇살이 그림자를 드리우고 지나가는 것도 보였다. 뭐라도 해야 할 때였다. 배가 고팠다.

버디여, 이제 나는 그날 내가 너를 처음 본 게 대형 서점의 B 구역과 K 구역 사이였는지 혹은 네가 나를 처음 본 게 과연 세종로 지하차도 어디쯤이었는지 확신할 수 없다. 그 모든 것이 어쩌면 기억의 오류에서 생긴 오해이거나 분명한 의도에서 비롯된 결과일지도 모른다는 생각이 든다. 우리는 이미 전혀 다른 곳에서 다른 얼굴로 만났거나 지나쳤을 수도 있고 내가 너를 따라간 게 아니라 네가 나를 따라온 것일 수도 있다는 말이다. 청소를 마친 나는 무릎을 짚으며 일어선다. 네가 떠난 그날 술자리에서 시를 쓰는 O가 자신이 쓴 시에 대해 오래 얘기했던 기억이 난다. 시끄러워 자세히 들을 수는 없었다. 다만 무릎,이라는 단어가 내 귀에 들어왔던 것 같다. 그러나 버디여, 너도 같은 생각이겠지만 나는 끝내 아무것도 알 수 없을 것이다. 무릎은 그냥 무릎에 불과한 것이겠지. 내가 자신 있게 말할 수 있는 것은 완고한 결말에 대한 것뿐이다.

 집 안을 둘러본다. 하트와 milk는 완전히 사라졌고 그 밖의 흔적들은 뿌려 놓은 세제와 함께 아무도 모르는 그림자로 이 집에 남을 것이다. 우리는 이제 이전의 사람들이 그랬듯 한때 이 집에 살았던 알 수 없는 '누군가'가 되었다. 문을 잠그고 열쇠를 우편물 보관함에 넣은 나는 무리에서 빠져나온 새가 날아간 쪽으로 걸음을 옮긴다. 오늘 내가 한 일은 그게 다였다.

感

사라지는 독서와 나타나는 이야기

오은

　어떤 시를 읽으면 소설이 쓰고 싶어진다. 어떤 소설을 읽으면 시를 쓰고 싶어진다. 읽는 사람에서 쓰는 사람이 되고 싶어진다. 김선재의 두 번째 소설집 『어디에도 어디서도』를 읽고 가장 먼저 든 생각도 바로 이것이었다. 긴 꿈을 꾸고 일어났는데, 그 꿈의 매 장면들을 복기하듯 눈앞에 불러들이고 싶었다. 그런데 시를 쓰고 싶은지 소설을 쓰고 싶은지 도무지 알 수 없었다. 저녁을 먹은 지 얼마 되지 않았는데도 배가 고팠다. 뭔가를 잃어버린 것 같았다. 칼로리처럼 눈에 보이지 않는 것과 젊음처럼 눈에 보이기도 하고 보이지 않기도 하는 것, 만년필처럼 명백하게 눈에 보이는 것이 모두 사라진 것 같았다.

"한때의 시간이 사라졌구나."(「어제의 버디」)

어느 날 눈을 뜨니 옆에 있던 사람이 옆에 없었다. 친구라고 부르던 사람과 친구라고 부르기에는 어색하고 남이라고 호명하기에는 뭣한 사이가 되었다. 당연한 것이 더 이상 마땅히 그러하지 않았다. 하루 만의 일이었다. 아니, 고작 몇 시간 만의 일이었다. 삶의 매 순간은 중요하다. 하지만 어떤 순간은 다른 순간들보다 더 중요하다. 그 순간에 삶이 흔들리기 때문이다. 움직이기 때문이다. 방향이 꺾이고 틈이 벌어지기 때문이다. 그 틈을 비집고 이야기가 발생한다. 누구에게나 그런 순간이 엄습하지만 그 순간을 완벽하게 이해할 수 있다고 무턱대고 고개를 끄덕일 수는 없다. 아무리 가까운 사이라 할지라도 그 순간에 쉽사리 개입할 수는 없기 때문이다. "그건 내가 절대 알 수 없는 실감의 세계일 것이다."(「어제의 버디」) 우리는 모두 각자의 사연이 있다. 남들은 감히 상상하지도 못할 각자의 이야기가 있다. 당연하지 않으므로, 제삼자는 고작 짐작이나 해볼 수 있을 뿐이다. 그리하여,

한때의 사이가 사라졌다.
한때의 시간이 사라졌다.

 다행히 끝끝내 현장에 남아 그것을 간신히 그려내는 사람이 있었다. 덕분에 읽는 자도 짐작하는 데서 그치지 않고 미루어 헤아려볼 수 있게 되었다. 다른 단서가 발생하려고 한다. 다른 이야기가 막 시작되려고 한다.

 새로운 국면에서 다시 시작한다. "자신의 곁에 당신이 앉아 있는 줄도 모르고 내내 당신이 돌아오기만을 기다린다."(「외박」) 기다림은 단지 가만있는 것이 아니다. 그것은 현장에 남는 것이고 어떤 대상을 향해 애를 태우는 것이고 상실을 유예하는 것이다. 그나저나 내가 기다리는 건 과거의 당신일까, 아니면 과거의 어떤 순간일까, 그것도 아니면 우리가 서로를 서로로 인식하던 '한때의 시간'일까. 나는 도리질을 친다. "여보, 그럴 때가 있잖아요. 살아 있지만 살아 있는 걸 확인해야 하는 순간들 말이에요. 당신은 그런 순간들이 없나요?"(「아무도 거기 없었다」) 그래서 우리는 거울을 보고 찬물로 세수를 하고 10년도 더 된 일기장을 꺼내 그때를 굳이 상기

시킨다. 이미 바랠 대로 바래서 끄집어내는 순간, 왜곡되거나 변질되고 마는 한때를, 한때들을.

그때 너는 왜 그런 표정을 지었을까. 네 입안에서 나오지 않고 맴돌던 그 말은 어떤 색깔을 띠고 있었을까. 색깔이 아니라면 그것은 열기였을까, 활기였을까. 어쩌면 살기였을지도 모른다. 나는 참다못해 현장을 박차고 일어났었다. '대체'라는 부사를 입에 달고 살던 때였다. 대체 왜 그래? 대체 무슨 일이야? 대체 이게 무슨 짓이야? 대체 이해할 수가 없어⋯ 무수한 대체를 불러들여도 점점 더 미궁으로 빠져들 뿐이었다. "알 길은 없다. 알 길 없는 일은 종종 일어나고 끝내 알 수 없는 채로 지나가버린다."(「눈 속의 잠」) 지나가버렸다고 생각했는데, 완전히 사라져버리진 않아서 무방비 상태일 때마다 나를 덮치던 일들도 있었다. 길을 가다가 갑자기 몸서리를 치는 나를 보고 친구가 물었다. "대체 왜 그래?" 나는 떨리는 목소리로 대답했다. "죄지은 게 많은 모양이야. 요새 흠칫흠칫 놀란다." 내 말을 듣고 친구는 웃었지만 그것은 엄연한 사실이기도 했다.

"그나저나 실례지만 잠깐 실례해도 될까요?"(「틈」)

어느 날 너는 실례를 무릅쓰고 그렇게 나타났다. 실수나 무례는 아니었다. 당황을 감추기 위해 나는 허공을 바라보며 말했다. "왜 눈은 아무 때나 예고 없이 내리는 걸까."(「눈 속의 잠」) 나는 어느새 네게 반말을 하고 있었다. 너와 이만큼이나 가까워져 있었다. 너는 내 말을 듣고 나를 뚫어지게 쳐다보았다. "어떻게 그게 가능하지?"(「아무도 거기 없었다」) 너도 나처럼 내게 반말을 하고 있었다. 실례를 무릅쓰지 않아도 되었다. 그것은 단순히 궁금함에 대한 표출이었을까, 내 의견에 대한 강력한 반발이었을까. 둘 중 어떤 것이었든 그 순간, 우리 사이에 금이 가기 시작한 것은 분명했다. 우리는 빠른 속도로 가까워졌다가 급속도로 멀어졌다. 혼잣말과 반문 사이에 추억이라고 부를 만한 많은 일이 있었을 텐데, 이제 우리를 떠올릴 때면 저 두 문장만 기억난다. 처음의 직후와 끝의 직전. 미처 못다 한 말들이 표정에 한가득 담겨 있었다.

그 후로도 여러 명의 너를 만났다. 너는 연인으로 등장하기도 하고 핏줄로 연결되기도 했으며 낯선 사람으로 내 삶에 불쑥 개입하기도 했다. 그때마다 누군가의 삶에 개입한다는 것은 용기와 애정만으로 가능한 일이 아니라는 사실을 절절히 깨달았다. 잃어버리고 잊어버리는 일이 계속되었다. 누군가는 나타났다가 떠나버렸다. 무언가는 내 품에 있다가 내 손아귀를 벗어나버렸다. 기억이 희미해질수록 누군가가 떠났다는 느낌, 무언가를 잃어버렸다는 느낌은 점점 생생해졌다. 모르긴 몰라도 "살아 있는 동안은 모든 것은 다시 되풀이될 것이다."(「눈 속의 잠」) 내가 상실한 것은 사랑이었을까, 사랑하는 사람이었을까, 사랑하는 사람이 있다는 사실이었을까, 그것도 아니면 사랑하고 사랑받는다는 감각이었을까.

> "그녀가 이렇게나마 삶을 지탱하는 건 아마 아직 그녀에게 남은 기억이 있기 때문일 거다."(「외박」)

기억이란 무서운 것이다. 삶을 지탱하게도 해주고 삶을 포기하게도 만든다. 어떤 기억은 시간이 지나도 생생해서, 심지어 시간이 지날수록 점점 더 생생해져서 삶을 요동하게 만들기도 한다. 어떤 기억은 또 다른 기억을 불러들이며 스스로의 몸집을 부풀리기도 한다. 그럴 때면 기억은 선명해지는데 정작 기억하는 지금 이 순간은 흐릿해지는 것 같은 이상한 느낌이 든다. 먼 훗날, "꿈인 것처럼 아득한 날의 일이다"(「눈 속의 잠」)라고 아무렇지도 않게 회상할 수 있게 될지도 모른다. 그러나 이를 섣불리 희망이라고 말할 수 있을까? 기억을 축조한 것은 내가 개입한 일이었으나 기억에서 나를 지우는 것은 내 영역 밖의 일이다. "기억이 환영을 만들고 환영이 다시 비밀을 만들고 비밀이 삶을 연명하게 만든다는 걸 당신들은 알까."(「외박」) 기억이 부리는 마술은 내가 손쓸 수 없는 영역이다. 우리는 기억의 집에 자발적으로 들어갔다가 어쩔 수 없이 유배된다.

"현재의 결핍과 외로움이 끊임없이 과거를 떠올리게 만들 뿐이다."(「눈 속의 잠」)

하나를 얻으면 하나를 잃는다. 이를 기회비용으로 해석하는 사람도, 운명으로 받아들이는 사람도, 삶의 장난으로 치부하는 사람도 있을 것이다. 어떤 경우든 우리는 얻는 것보다 잃은 것에 더 많이 흔들린다. 얻은 것은 당장의 눈앞에 보이지 않는 경우가 많다. 반면, 잃은 것은 명명백백하다. "집 안을 둘러본다. 하트와 milk는 완전히 사라졌고 그 밖의 흔적들은 뿌려놓은 세제와 함께 아무도 모르는 그림자로 이 집에 남을 것이다."(「어제의 버디」) 잠에서 깨니 사랑하던 사람은 떠나버렸고 우유는 이제 냄새조차 나지 않는다. 이상하지, 모든 것을 말끔히 정리했는데도 여기에 당신이 있었다는 사실은 더욱 생생해진다. 코를 킁킁거리며 혹시라도 남아 있을지도 모를 우유 냄새를 찾아 방 안을 헤맨다. 그림자가 되어 바닥을 미끄러지고 벽을 탔다가 천장에 거꾸로 매달리기도 한다. 있었다가 없어진 존재들의 자취를 온몸으로 더듬는다.

감쪽같이 사라져서, 냄새도 나지 않아서 상실감은 더 분명해진다. 실은 알고 있었다. 우리의 관계가 하루하루 쇠락하고 있다는 것을, 당신의 부위가 하나둘씩 창밖으로 사라지고 있다는 것을. 그러나 나는 고작 입을 벌려 이렇게 중얼거렸을 뿐이다. "잘못한 사람은 없는데 왜 모든 것들이 잘못된 걸까."(「아무도 거기 없었다」) 어떤 혼잣말은 삶과 죽음을 가르고 나와 너를 관통한다. 나는 이제 혼자다. 어떤 말을 해도 혼잣말이다. 그리고 다시 '한때의 시간'이 사라졌다.

"아직 오지 않은 시간을 센다."(「외박」)
"숲과 눈을 더 숲과 눈처럼 보이게 하기 위해 내가 해야 할 일을 생각하면서."(「틈」)

너는 말했었다. "좀 더 분명한 사람이 되고 싶어."(「어제의 버디」) 바람과는 달리, 하루하루가 점점 더 모호해졌다. 함께 있을 때면 맥락이 불투명해졌다. 할 말이 불분명해졌다. 상실하는 대상은 콕 집어 말할 수 없고 상실하는 과정은 표현하기 힘들어지는데 상실하고 있다는 느낌만 분명해지고 있었다. "밤의 마디를 지난 우리는 무릎을 가진 사람이 되었다."(「어제의 버디」) 무릎을 가진 자들은 저 문장을 지금도 다시 쓰고 있다. 무릎을 탁 치는 순간을 마주하기 위해, 무릎이 하나의 마디라는 것을 증명하기 위해. 그리하여,

독서는 사라지고 이야기는 나타난다. 책은 둘 사이 어딘가에 놓여 있다. "언제나 나는 사이의 세계에 있다."(「외박」) 한때의 시간을 꿈꾸며. 그리고 밤의 마디를 관통한 나는 비로소 무릎을 굽힐 수 있게 되었다. 다 읽고 나서 곧바로 다시 읽고 싶어지는 소설은 분명 좋은

소설이다. 다 읽고 나서 이때껏 한 번도 쓰지 않았던 글을 쓰고 싶게 만드는 소설은 더 좋은 소설이다.

김선재가
펴낸 책들

소설
『그녀가 보인다』(단편집), 문학과지성사, 2011.
『내 이름은 술래』(장편), 한겨레출판, 2014.

시
『얼룩의 탄생』, 문학과지성사, 2014.
『목성에서의 하루』, 문학과지성사, 2018.

산문
『마음껏 슬퍼해요, 우리』, 삶창, 2016.

어디에도 어디서도
김선재 연작소설집

발행일	초판 1쇄 2017년 2월 10일
	초판 2쇄 2019년 1월 17일
발행인	이인성
발행처	사단법인 문학실험실
등록일	2015년 5월 14일
등록번호	제300-2015-85호
주소	서울 종로구 혜화로 47 한려빌딩 302호
전화	02-765-9682
팩스	02-766-9682
전자우편	munhak@silhum.or.kr
홈페이지	www.silhum.or.kr
디자인	김은희
인쇄	아르텍

ⓒ김선재
ISBN 979-11-956227-3-3 (03810)
값 10,000원

이 책의 판권은 저자와 문학실험실에 있습니다.
양측의 서면 동의 없는 무단 전재 및 복제를 금합니다.